講談社文庫

さんかく窓の外側は夜

映画版ノベライズ

橘 もも｜原作 ヤマシタトモコ｜脚本 相沢友子

講談社

さんかく窓の外側は夜

映画版ノベライズ

第一話　契約

大丈夫、と彼は言った。

大丈夫。一緒にいれば、怖くなくなりますよ、と。

不確かで、あやしげで、でもかすかな希望の光をともしているように聞こえたその言葉を、今も生きるよすがのように胸に抱き続けている。

*

またいる、と知覚するよりはやく三《み》角《かど》康介《こうすけ》の身体は硬直した。交差点のまんなかで足を止めた三角に、背後を歩いていたサラリーマンがぶつかりそうになる手前で方向転換し、煩わしそうに舌を打つ。けれど三角には、すみません、と口にするほどの余裕もなかった。雑踏の向こう、三角をじっと見つめるまなざしがあるのに気づいていたから。

眼鏡を、はずす。

遠近感を失うほどぼやける視界のなかで、ただ一人の女だけがくっきりと浮かびあがって見える。こちらを見ている彼女の顔は青白く、正確に言えば目の焦点もあっていなくて、なにかを探しさまよっている。けれど三角が気づいたことに気づかれた、その瞬間に彼女は進路をまっすぐ三角にさだめた。

あとずさる。

勘違いだ。俺は気づいていない。あなたなんて知らない。見えてない。

念じて、ショルダーバッグの紐を握りしめて、駆け足でその場を立ち去る。たぶんあれは、あの人は、追いかけてくるたぐいではないはずだ、と根拠のない願望を胸のうちで繰り返し、浅くなりそうな呼吸を整える。

あれが見えているのはどうやら自分だけらしいと気づいたのはいったい、いつの頃だったか。あんたは一人で残されるのがきらいな子でねえ、よくこわいこわいって丸まって泣いてたのよー。なんて、記憶がないころの話を母がときどきからかうように言うから、たぶん目が見えるようになってからずっと彼らは三角のそばにいたのだろう。とくべつ悪さをするわけじゃない。でも彼らのまわりは不思議とひんやり冷たくて、悲しみなのか怒りなのか絶望なのかはわからないけど、ほとばしる昏さをまとっていた。ぎょろりとうごめく目玉に自分がうつるのがこわくて、目をそらしたいのにそらせない。だから最初から、見るのをやめることにした。見つけなければ、それはいないのと同じだ。それなのに、年々落ちていく視力のせいで、彼らはひときわくっきりと三角の視界に浮かびあがる。

目がいいのか、悪いのか。

眼鏡を手放せなくなった。コンタクトにしたこともあったが、それはかえって不都合があるので、やめた。

交差点をわたりきると、三角は静かに深く息を吸った。冬の気配が近づく十一月に、首筋に大量の汗をかいていたら変に思われる。背中にはまだ視線を感じるけれど、それは勘違いだと自分に言い聞かせ、駆け足と速足の中間くらいの大股で、三角は職場の書店へと向かった。

「なぜ眼鏡をはずすんですか」

と、唐突に声をかけられたのは、文庫棚の整頓をしていたときだ。正確には、文庫棚の整頓をしているさなか、店の隅の実用書コーナーにまた冷たい空気をまとう人ならざる存在を感知したときだ。挙動不審にうろうろしているので万引きかと思いきや、どうも様子がおかしい。鼻先で眼鏡をずらしてみたら案の定、ぼやけた視界でその青年だけが鮮やかに浮かんだ。かといって勤務時間に店を飛び出すわけにもいかず、棚を移動しようとした三角の前に、その男は現れた。

「サンカクくん？」

「……ミカドです」

通路をふさぐようにして立つ男に、とっさに、口元だけ営業スマイルを浮かべる。細身ですらりと背が高いが、コートの厚みのせいか、すり抜けるには少々邪魔くさかった。本を探しているなら、レジ横の検索機まで誘導しよう。そう思った三角の腕を、けれど男はおもむろにつかんで引き留める。

「すごい。こんなにはっきり見える」

「え？」

「きみみたいな人に出会えるなんて、僕はなんて運がいいんだろう。運命ですよ、これは」

「……なんの話ですか」

背中にひんやりとしたものを先ほどよりも強く感じた気がして、三角は焦る。はやく、遠ざからないと。けれど三角の腕を離さないまま、三角の肩越しに何かを興奮した様子で見つめるこの男もまた別の意味であぶない、と本能が告げていた。生きていても、死んでいても、自分にしか見えない世界を信じている奴は、あぶない。

——俺も。

息苦しくなって、三角は男の手を払おうとする。

けれど男は、今度は三角の肩に触れた。押され、くるりと反転させられ、背中から抱きすくめられる形となる。突然のことに言葉を失っている三角の心臓あたりを右手でおさえ、男は左手の指先をまっすぐ前につきだした。

「あれ」

ずらしたままだった眼鏡が、落ちる。ストラップをつけたままでよかった、と思ったのは呑気だからではなく、混乱しているからだ。いや、なにこれ。なにこの人。やばい俺なにされてんの。

「見えているんでしょう？」

ささやく男の吐息が三角の耳をくすぐり、思わず身をよじる。

男が指さした先には、先ほどまで店の隅にいたはずの青年の姿があった。明らかに三角を、三角と男の存在を認識していて、ゆらめきながら近づいてくる。

もの言いたげなのに、何も言わない。白目のほとんどない虚ろでまっくろな眼が、三角をとらえる。硬直した三角の全身を押さえつけるように「ちょっと失礼」と男は胸にあてた手に力をこめた。

その瞬間。

まわりのすべてが、消えた。まっくら闇のなか、まばゆい三角形《トライアングル》の枠にかこまれ、男と二人、取り残される。いや、二人じゃない。目の前に立つ青年もまた、ぼんやりだが闇に浮かびあがって見える。けれど驚いている暇はなく、すぐに、三角の頭のなかに見覚えのない映像が流れ込んできた。

『全然直ってねえじゃんかよ!』

と、手にしていた書類を机に叩きつける男と、身を竦める青年。

『よくあんな文章力で記者になろうと思ったよな』

『向いてないんだから辞めたら?』

『こいつ雇う酔狂な職場他にねえわ』

『この世に居場所のない奴はかわいそうにな』

『いやかわいそうなの付き合わされる俺らなんだけど』

スマホに聞こえない罵声と嘲笑が並び、青年の手がふるえる。

そして星空のようにビル明かりがきらめくのを見下ろしながら、彼は屋上で足場のない宙に向かって倒れ込む。

――ああだから彼の額はひしゃげているのか。

血を流しているわけでもない、怪我している様子もない、けれどどこかいびつに潰れた印象を受ける、眼前に迫る青年を三角は見つめる。そんなふうに、彼らの顔をまっすぐとらえたのは初めてだった。

――あつい。

男の手があてられた場所から、脈動にも似たなにかが流れこんでくる。身体が火照って、腹の底からむずむずとした衝動がせりあがる。

男はつきだしていた手を、すっと払うように振った。青年が、綿埃のように静かに消える。まるで最初から存在していなかったみたいに、跡形もなく。

瞬間、闇は晴れた。もといた書店に、景色が戻る。

がくんと膝が折れて倒れ込みそうになった三角を、男は右腕だけで抱えた。

――なに今の、すげえ気持ちよかった。

男が青年を払った手で、同時に三角の内側も撫でられたような気がして。そのくすぐったいような焦らされるような感覚に、思わず声が漏れそうになった。

「……最高だ。きみはまさに、僕の運命だ」

「うん……？」

「僕の助手になってくれませんか」

また耳元でささやかれて、ぞわぞわする。

そのとき、棚の陰からあらわれた客が、三角たちをみてぎょっとして踵をかえした。ちらっとふりかえった顔に浮かんでいたのは驚きと好奇。白昼堂々何をしていると思われたんだろう、と焦って男を押しのける。足にうまく力が入らなくてよろめく三角を、男はおもしろがるように見下ろす。

「初めてだったんでしょう。無理しないほうがいいですよ」

「なに……したんだ、おれに」

「なにって。触っただけですよ。きみの核心に」

「核心？」

「魂的なモノ、といったほうがわかりやすいでしょうか。それを通じて、あの霊にも触れた。そして、祓いました。それだけです」

「霊って、……あれのことですか」

「そうですよ。おかげで僕にもはっきり見えた。きみって目がいいんですね。僕はあんなふうに、人間と同じように知覚することはできない」

「……あれは幻覚です。そのうち脳の検査にも行こうと思って」

「きみは、自分が今まで見てきたものを否定するんですか？」

遮って、男が問う。

答えられずにいると、男は胸ポケットから名刺をとりだした。

「助手になってください。時給は今の倍、出します」

物件鑑定・特殊清掃ＣＯＯＬＥＡＮ　冷川《ひやかわ》理人《りひと》。

差し出された名刺には、そう書いてあった。

「……俺、掃除は苦手なんで」

「大丈夫です。簡単な除霊作業ですから。それに、気持ちよかったでしょう？」

男は、見透かしたように笑う。

「魂が触れあうのはそもそも快楽をともなうものですが……きみと僕はどうやら、すこぶる相性がいい」

「あの、ええと……冷川さん」

ようやく全身に力の戻ってきた三角は、静かに息を吐いた。冷川が、何を言っているのかはよくわからない。わかりたくもない。ただ、彼の誘いがあれに近づいていくことだというのは理解できた。

「俺はずっとあれが怖くてたまらないんです。さっき、なんで眼鏡をはずすのかって聞きましたよね。他のものと区別できるからです。あれに近寄らないようにするため」

「なぜコンタクトにしないんですか？」

冷川は、小首を傾げる。

薄い笑みを絶やさないこの男は、愛想がいいようで全然目が笑っていないな、と思いながら三角は眼鏡をかけなおす。

「見えるものを見ないほうが怖いからですよ」

見なければいい、と思っていた時期もあった。けれど自分が気づいていないだけで、隣のこの人も向かいのあの人ももしかしたらあれかもしれないと疑心に苛まれるほうが、よほど恐怖が増すのだと知った。

冷川は目を見開いて、うれしそうに口角をあげた。

「きみ、最高」

――こいつやっぱりあぶない。

三角は顔をしかめ「じゃ、そういうことなんですみません」と今度こそ冷川の脇をすり抜けようとする。冷川のうしろで困ったようにうろうろしている女性客が目に入り、声をかけようと思った。除霊なんて、興味ない。俺の仕事は、本を売ることだ。けれど三角の背中に、冷川は自信たっぷりに声をかける。

「怖くなりますよ」

ふりむくと、冷川は名刺を三角のエプロンポケットにつっこんだ。

「大丈夫。僕と一緒にいれば、怖くなくなります」

そう言い残し、颯爽と立ち去っていく。

吐息の名残をかきけすように、三角は耳を手のひらでこすった。


「――簡単だって言いましたよね」

網の上で焼かれる肉を前にふれくされる三角に「簡単だったでしょう？」と冷川は軽やかに答える。艶のあるロース肉がじゅうじゅうと音をたてながら色を変えていくのをうっとり眺めている冷川には、三角の状態などどうでもいいらしい。

「池にひきずりこまれるなんて聞いてなかったですけど」

「え？　でも水着もってきてくださいって言いましたよね？」

「池に〝もぐる〟のと〝ひきずりこまれる〟のは違いますよね？」目を覚ますとなぜか庭の池の前に立っている、と依頼主の女性は言った。夢遊病も疑ったが、なんだか池に呼ばれている気がして、冷川の事務所の噂を聞いて頼ることを決めたという。結論からいえば、池のなかに〝なにか〟がいた。三角が足をつかまれ溺れかけたところを、冷川がひっぱりあげて、除霊した。囮にされたのだ、ということは聞かずともわかった。

「死ぬかと思いました」

「おおげさですね。霊はめったに危害を加えるようなことはしてきませんよ。まあ、たまに質の悪いのもいますけど」

涼しい顔で、脂ののった肉を口にはこぶ。

むだにきれいな男だな、とその端正に整った顔立ちを三角は見つめた。いや、むだってことはないか。たぶんどこかで役に立っているんだろう、俺の知らないところで。と思いなおす。それに三角がこうして誘いに乗ってしまったのも、この男の透きとおるような肌と妖しげな笑みの魔力にとりつかれたせいかもしれない。

名刺を押しつけられてから二日、三角は悩んだ。三日目、店長に「うちって副業オッケーでしたっけ」と聞くと「ああ冷川さんでしょ」と軽く返された。「聞いてるよ、なんかお手伝いすることになったって。とりあえずあさって、きみが抜ける日のフォローはいただいてるから、全然だいじょうぶ。行ってきていいよ」と朗らかに笑う店長に、三角は「あさって……？」と眉をひそめることしかできなかった。

そして気づいた。名刺のうしろに、日付と駅の名前が書かれていることに。来い、ということだろう。いや、すでに根回しが済んでいたことから推察するに「来ないわけないでしょう？」だ。はっきり言って、癪《しゃく》に障った。行かないよ、行くわけねえだろ、と思ったけれど、足を向けてしまったのは彼の声があれからずっと耳の奥に残って反響しているからだ。何度も振り払ったはずなのに、ぬぐえない。

うさんくさい。近づいちゃだめだ。こいつは絶対にあぶない。

わかっていたのに三角は除霊に連れ出され、肉を一緒に焼いている。

「除霊の前は、お肉とお酒を断っておくほうが体に負担が少ないんですよ」

「……はあ」

「そのかわり終わったあとはこうして御馳走しますから」

あたりまえに、次があると思っている口調だった。反論する気力もなく、そうですか、と三角は答えて箸を網にのばした。池の藻のにおいがする生乾きの髪に、脂のにおいがブレンドされていく。帰って寝るだけだしもうどうでもいいや、と焦げつく前に肉を救出する。

「……あなたは怖くないんですか」

いつも食べるより数倍やわらかくて甘みのある肉を咀嚼してから、冷川に聞く。

「子どものころからこういう力を持っていたなら、怖い目にも遭ったでしょう。なのになんで進んであれに近寄ろうなんて」

「きみも、ですよね」

「え？」

「子どものころから、力があったんでしょう。そして怖い目にも遭った」

「なんで……」

「見えましたから。きみの中に入ったときに」

中？　と眉をひそめて、あのときだ、と気づく。触れられ、熱くなったときのこと。三角が青年の記憶を見ていたあのときに、冷川は三角のそれを見ていた。

気分のいいものではなく、かといって文句を言う気にもなれず、三角は口をへの字に曲げた。

「……まわりの人たちは知ってるんですか、あなたのその、能力のこと」

「まわりって？」

「親とか、友達とか……彼女、とか？」

「親も友達も彼女もいません」

さらりと言われ、三角は網に伸ばそうとしていた箸を止めた。

「……すみません」

「なぜ謝るんです？」

本当に気にしている様子はないが、なんとなく気まずい。三角だって友達の多いほうではない、というか同僚や昔の同級生とときどき飲みに行く程度で、気の置けない仲間みたいなものはいないし、彼女もいない。家族も、母親がひとりいるだけだ。けれど、冷川の「いません」には、本当に誰もいないのだろうと納得させられる響きがあった。

「きみのまわりの人たちは、知っているんですか。きみの能力」

聞き返されて、三角は目を伏せた。

「……知りません。まわりと違うと、おかしな目で見られるし」

「ちがう人とは、おつきあいしなければいいのでは？」

「え？」

「僕はあなたとおつきあいできるのは嬉しいですが」

「おつきあいって……」

「ああ、そうだ。正式に契約をかわしましょう」

基本的に人の話を聞かない、というのは、冷川についてわかった数少ないことの一つだった。

三角がため息をついているあいだに、冷川はコートのポケットから折りたたまれた紙とペンをとりだす。視線でうながされた三角が、しかたなく皿を端によけ、机をおしぼりでふくと、冷川は紙を広げて三角の前においた。

〈契約書　私、三角康介は冷川理人と業務を共にすることを約束します。〉

上手とも下手とも言いがたい手書き文字の下に、横一本の曲線がひかれていた。せめて定規使えよ、と思ったし、ふつう業務内容とか報酬とか書くだろうよ、とおかしくもなった。

軽々しくサインをしてはいけません、というのはいまどき常識だけど、ためらう気持ちが少し減ったのは、その文字のたどたどしさが、出会ってからはじめて感じた冷川の人間らしさのようでほっとしたからかもしれない。うさんくさい、と思う気持ちはぬぐえないし、信用したわけでもないけれど、こんな拙い文面でなにか不利益が発生するとも思えず、三角はペンを受けとると細い線でフルネームを記した。

「あ、これもお願いします」

焼肉のたれが入った小皿をさしだされ、困惑していると冷川が親指をたてて見せる。

「……拇印？」

「はい」

「たれで？」

「朱肉がないので」

もってこいよ。と小さく息をつく。逆らっても仕方ないので、脂の浮いたたれに指をつけると、名前の横にぎゅうと押した。

これでいいの、と顔をあげようとして、不意に目の前で小さな光が弾けた。……ような気がした。同時に、ちりっと腰が痛む。痛む、というよりも熱い。あのとき、冷川に触れられたときのぞわりとした熱が、背中を撫であげていくような。

――気の、せいか。

腰をこする。霧消した一瞬の感覚を、つかもうとするように。そんな三角を、冷川は満足そうに見つめている。

「契約成立ですね」

「……はあ」

「今日はお祝いです。お肉を頼みましょう。何がいいですか？」

「ご機嫌ですね」

「それはそうです。あなたの目は、すごい。今までぼんやりとしたイメージでしかとらえられなかったものが、あなたに触れるだけではっきりと視覚化される。おかげで仕事がしやすい」

「……そうですか」

あいかわらず目は笑っていないが、声は格段に弾んでいる。まあいいか、悪い人ではなさそうだし。こんな契約、いやになったらすぐ破棄すればいいんだし。楽観的に考えることにして、三角はビールを呷った。

それが間違いだった、と気づくのはもう少しあとのことである。

週に三回、通うこととなった冷川の事務所は、コンクリート打ちっぱなしのビルに入っているせいか、どこかひんやり冷たくて、無機質な印象を与えた。キッチンもあるしダイニングテーブルも置かれているのに生活感のないその部屋は、とても冷川らしいともいえた。

男がやってきたのは、駅から二十分ほど歩くのに、エレベーターがないせいで三階までのぼらなければならないその不便さに、ようやく慣れてきたころだ。ぼさぼさの髪の隙間から放たれる鋭い眼光、着くずしたスーツに、汚れた革靴。あきらかに堅気じゃない、と身構えながらお茶をだした三角に男は、捜査一課の半澤《はんざわ》だ、と仏頂面で名乗った。

「探し物を頼みたい」

そう言って、机に三枚の写真を並べる。写っているのはどれも笑顔の女性で、年代も表情のつくりかたも、体格もすべてがどことなく似ている。同じ印象をいつだったか抱いたな、と思い出そうとしたとき、半澤が言った。

「県内で起きた連続バラバラ殺人の被害者だ」

「ニュースで観ました。最後の被害者が見つかったのは一ヵ月ほど前ですよね」

冷川に言われて、三角も思い出す。

そうだ。たしか同じ会社に勤める三人の女性が、立て続けに行方不明となり、ゴミ置き場で遺体の一部が発見されたと報じられていた。素人だって配慮すればもう少し発見を遅らせることもできただろうに、どれもゴミの山に、申し訳程度にまぎれこませて、無造作に、雑に、捨てられていた。まずカラスや犬が異臭に気づいて群がって、やがて看過できなくなった近隣住民により通報されたと。

「犯人、つかまりませんでしたっけ」

痛ましさで胸がいっぱいになっている三角に対し、冷川はあまり興味もなさそうだった。

「つかまえたさ。被害者の三人は同じ会社に勤めててな、近くのコンビニで働いていた男の仕業だった。自宅の風呂場で作業してたのも含めて、ざくざく証拠は出てきたよ。逃げる気もなかったんじゃねえか」

勤務中、好みのタイプの女性に目星をつけて襲ったということか。そんな三角の推察を見透かしたように、半澤は機嫌悪そうに頭をかきむしる。

「俺の見立てじゃ、コンビニ店員はストーカーでも殺し屋でもなんでもねえ。つまんねえ一般人なんだよ。でも証拠は決定的だし自供もした」

「なんの問題もありませんね」

「ないさ。俺の胸糞が悪いだけだ。釈然としねえことだらけでな」

興味を失いつつある冷川に、反比例するように半澤の苛立ちは増す。

「被害者同士に面識はなかった。唯一、つきあってた男だけが共通していたことがわかったが、時期もかぶってないし揉めた様子もない。その男にアリバイはあるし、コンビニ男とも面識ないのは立証済みだ。それなのにコンビニ店員はピンポイントで三人を狙った。自供したといっても、彼女たちに執着している様子もなければ、彼女たちへの印象そのものも不明瞭。あれだけひでえ殺し方をしておいて、なんの目的意識もなけりゃ、隠す努力さえしてねえなんて、意味わかんねえと思わねえか？」

「わかりたければ、本人に聞くしかないのでは」

「首をくくって勾留中に死んでなければな」

はあっ、と半澤は大げさにため息をつくと、お茶を一気に飲み干した。

「……それで、探し物というのは」

冷川の口元に浮かんだ薄い微笑に、飽きてきたんだな、と三角は思った。半澤の湯呑に追加のお茶をそそぎ、三角も椅子に腰かける。聞いているだけで目眩がしてきたからだが、続く半澤の言葉はそれをさらに悪化させるものだった。

「死体の一部が見つからない。それぞれ約三分の一ずつ。すべてつなぎあわせると、ちょうど一人の人間ができあがるであろう部分が」

息をのむ三角の横で、さすがに冷川も興味を惹かれたように目を見開いた。

「犯人は、最後まで遺体の行方について口を割らなかった。だから、なんとか見つけてやってほしいんだ」

「すでに事件は解決しているのに？」

穏やかに聞く冷川が、引き受けるつもりなのは三角にもわかった。

「かわいそうだろ、このままじゃ」

厳めしい見た目とは真逆の言葉に、三角は自然とうなずいていた。

「……でもこれ、除霊作業とちがいますよね」

年季の入ったアパートを前に、三角の足はすくんだ。殺人犯の自宅、しかも遺体を損壊した現場、なんてテレビドラマでしか見たことがない。これまで何度も冷川とともに霊の出現する場に足を運んだけれど、これほどおどろおどろしい因縁のある場所は初めてだ。

入れる手配はしておく、と言っていた半澤はついてきてはくれなかった。勝手に足を踏み入れていいのだろうか、と戸惑う三角を置いて、冷川はいつもどおり飄々と部屋の扉に手をかけた。

「ときどき失せ物探しもするんです。警察に恩を売っておくとなにかと得なので」

「得って……だってここ、三人も死んでるんですよね。危ないんじゃないですか。殺人犯の霊がいるかもしれないのに」

「人なんてどこでも死んでますよ」

冷川はふりかえって、三角の腕を引いた。腰がひけている三角を強引につれて、部屋のドアを開ける。

埃っぽい、においがした。

くさい、というのともちがう。長いあいだ家を留守にしたあと、空気がよどんで停滞しているにおい。もっと血生臭さに溢れているのかと思っていた三角は拍子抜けして、やや力を抜いてみずから一歩、足を踏み入れる。

壁にかかったちらし入れはやや傾いていたし、ビールの缶を雑にまとめた袋や開けっ放しの段ボールが床に置かれていたけれど、全体的にものは少なく、整然と暮らしていたのがうかがえた。猟奇的な雰囲気は今のところ感じられない。けれどドア横のキッチンに近づくのを無意識に避けたのは、連想される包丁を忌避したせいだろう。

なんてことない男の一人暮らし部屋。自分や、知り合いがここに住んでいてもおかしくないあたりまえの空間で、三人の女性がバラバラにされたのかと思うと、これまで感じていたのとはまたちがう恐れが沸き起こる。
二、三歩進んだところで動けなくなってしまった三角に、背後から冷川が近づいた。そっと、服を脱がすような丁寧さで、三角の眼鏡をはずす。そのまま、はじめて出会ったときと同じように三角のうしろに立つと、両肩に手をおいた。

——熱い。びくりと身体をふるわせるのと、視界が明瞭になって部屋の片隅にうずくまる男の姿が見えるのとが同時だった。

「ひ……！」

飛び退る三角を、冷川が抱きとめる。

男は三角たちに気づき、ゆらりと立ち上がるとそのまま歩み寄ってくる。

「むりです。やっぱりむりです……！」

「落ち着いて」

あやすように言って、冷川は三角の胸に手をあてた。

「あ……っ」

冷川の指先が、身体の内側を侵食しようとしてくる感覚。思わず声が出た次の瞬間、例によって三角は暗闇に放り出されていた。

ガムテープを口に貼られ、泣き叫ぶ声はくぐもり、両手両足を拘束されたまま、車のトランクに押し込められる女性。

首を絞められ、苦悶の表情を浮かべながら必死に抵抗しようとする女性。

敷かれた青いビニールシートもむなしく、壁や浴槽に飛び散る鮮血。長く鋭い包丁を、レインコートを着た男が何度も何度も振り下ろすたび、肉を叩く鈍い音と、ときどき骨の当たったような金属音が響きわたる。よくみれば浴槽には、膝から下を失った肉体がさかさまに放り込まれていた。男は、手にした足首から下を、浴槽のなかに放り投げて、まだ人体だとわかるそれをわずらわしそうに引っ張り出す。

そして、ここではないどこか、洋館のような外観が見えた。その手には太い糸、いや針金か。男はばらばらの肉体を慎重に並べ始める。

中に入り、男は恍惚とした表情で、肉体をみおろし、そして。

その表情のまま、今は三角の前に立っていた。正視できず逃げようとする三角を、冷川は右腕だけで押しとどめたまま、左手を伸ばして男を払う。煙となってうすれていく男は、怨念に満ちた声を漏らした。

――ヒウラエリカに騙された。

地を這うような響きと苦悶を残して、男は消えた。

＊

制服姿の少女が、なにかを探すように大通り沿いを歩いている。前方からやってきたスーツ姿の女性を見つけると、ほっとしたように駆け寄った。

「あの、すみません。横浜駅って、どっちに歩いていったらいいですか」

「横浜駅なら、電車のほうがいいんじゃないですか？」

女性が聞くと、少女は困ったように肩をすくめた。

「パスモの残高がもうなくて。お財布の中身も」

「だいじょうぶ？ お金、貸してあげましょうか」

「いえ、駅で親と待ち合わせてるんで。でも、スマホの充電切れちゃって」

「ふんだりけったりね」

笑う女性に、少女はつられたようにてへへと笑った。

そして細めた目でしっかり、まっすぐ、女性をとらえる。

《私の名前は非浦《ひうら》英莉可《えりか》です。これからあなたを呪います》

口を動かさず、音には出さず、少女は言う。

その声は、女性には聞こえていないが、届いている。

「横浜駅なら、観覧車に向かって道なりに歩けばつきますよ」

「観覧車ってことは、あっち？」

《絶対に助かることはありません》

「そう。私が来た方向。あのへんまで行けば、駅に向かう標識が出てると思う」

「わー、よかった。なんか、ぐるぐる迷っちゃって」

《おまえは死ぬ》

「気をつけてね」

「はい、ありがとうございましたー」

《呪われて死ぬ》

観覧車に向かって小走りで駆け出す少女を、女性は微笑ましく見送る。私も方向音痴だからよくやるのよね、こんなにわかりやすい道なのにどうして迷うんだっていつもからかわれて……。

そんなことを思っていると、ふと立ち眩みをする。

いやだ。疲れているのかしら。

女性は弁護士だった。ここ最近、忙しくて寝てないからな。と、考えると疲れが出そうなので、よし、と声に出して自分に活を入れる。今が正念場なんだから、がんばらないと。

けれど目眩は消えない。なんだか意識が、ぼんやり遠い。私、どうしたんだろう。まっすぐ歩きたいのに、なんか。どうして、うまく進めない。

よろめいた女性は、ふらふらと前ではなく横に進む。

車通りの多い通りに、走ってきたのはトラックだった。信号も横断歩道もない道に、突如飛び出してきた女性をよけることができず、ブレーキがかかる前に女性は車体に跳ね飛ばされる。

悲鳴があがった。

けれど少女は、振り向かない。観覧車に向かって、女性に言われたとおり道なりに、まっすぐ軽やかに歩き続ける。

第二話　呪いの装置

犯人の記憶から読みとった洋館の外観を鉛筆描きした冷川の画力があまりにお粗末だったので、しかたなく三角が筆をとることにした。わあ、意外な特技ですね。と冷川が感心する横で三角は、けれど、いまだ半信半疑だった。あれは、本当に幽霊なんだろうか。俺の脳がつくりだす幻を、この人は一緒に見えるふりをしているだけなんじゃないだろうか。だとしたらこんな洋館、どこにも存在しない。

無駄なことをしている、と思いながらも、瞼の裏に焼きついた特徴的な出窓や、長らく手入れがされていないのか館全体を覆うように枝をのばす木々まで、緻密に再現する手を止められないのは、冷川と出会ってから何度も体感した〝除霊〟の生々しさのせいだった。

あれがただの幻とは、とうてい思えない。

もしそうだとしたら、三角はこの先、自分の感覚を何一つ信じられなくなる。

信じるのと信じないのと、いったいどちらが怖いのだろう。答えが見つからないまま、流されるように冷川と行動をともにしていた三角のもとに、絵とよく似た廃墟を見つけた、と半澤がやってきたのはそれから二日後のことだ。

迎えにきた半澤の車に乗せられて、当然のように、くだんのコンビニから十キロ離れたその場所へと連行されることとなった。

乱暴な物言いと厳めしさの印象に反して車内はきれいに掃除されていて、よぶんなものが置かれることも砂ぼこりが舞っていることもない、どころかほのかにラベンダーの匂いが漂っていた。

「サシェっていうんだってよ」

と、半澤は言った。匂い袋のことらしい。自分で買ったのか、と問う気配を察したのか、妻のてづくりだとばつが悪そうに言う。仲いいんですね、とからかうほどの気安さは生まれていなかったけれど、三角の緊張はわずかにほどけた。この人にも大事な人がいるのだ、とわかるだけで、なんだかほっとする気がした。

それに反して、と後部座席の隣で行儀よく座っている男を見やる。

親も友達も彼女もいません、と冷川は言った。

出会ってから三週間近く、いまだに彼との距離感をはかりかねているのは、彼から

〝大事なもの〟の気配を感じとれないからかもしれない。

いつだって背筋がまっすぐ伸びていて、くだける、ということを知らないらしい彼からはおよそ人間味というものを感じられない。三角に対してはずいぶん親切で、興味を抱いているように見えるけれど、その押しの強さに比べてとらえどころのない彼の空虚さに、ちぐはぐした印象がぬぐいきれない。彼の本心は、本性は、どこにあるのだろうと疑ってしまう。

――仕方ない、のかもしれないけど。

普通の人とはちがう能力をもって生まれてしまったら。

三角は我が身をふりかえる。

幼いころは、見えているありのままをうっかり人前で口にして、ずいぶんと気味悪がられたものだった。母親は空想癖のある子だと思っていたらしく、怖がりな息子をいつもなだめてくれたけど、本当に視えているのだと知れたらどんな反応を示されるかわからず、いつしか誰の前でも不用意に景色を語ることはやめていた。

だから、好きな人ができても。

その人が三角のことを好きだと言ってくれても。

いつか態度を不審がられて、変なやつだと嫌われる。そう思って、踏みこめなかった。それに、三角のそばにいるだけでなにかとてもおそろしいことが彼女にふりかかるような気がしてしまった。――あのときみたいに。

――誰か助けて。

――人が、流されて。

――どこにもいない！

記憶の彼方から、封じていた声がよみがえる。三角はぎゅうと目をつむった。

臆病風に吹かれていないで、素直に付き合っていればよかった、と好きだった人を思い返すことがないでもなかったが、今は、選択は間違っていなかったのだと思うことができた。だって、現に、こんな胡散くさい事案に巻き込まれ、殺人現場に足を向けるはめになっている。すでに犯人はこの世にいない、いくら猟奇的でも幽霊となった存在が人を害することはほとんどない、とわかっていても、冷たい血のにおいに触れた自分に、大事な人を近づけるのはためらわれる。だから母親にも、書店のほかに清掃の仕事をはじめた、としか告げていなかった。そうやって、三角はいつも、本当のことを隠しつづけて生きている。

冷川もそうなのかもしれない、と三角は思った。大事な人はできるだけつくらないようにしているのかもしれない、と。面倒だな、いやだな、と思う気持ちを残しながらも、三角が彼のもとを離れないのは、自分と似たところがあるように感じているからだ。そして、見えている自分をごまかさずにいられて、なおかつそのままの自分を必要としてくれる人なんて、これまで一人もいなかったから。だから半信半疑でも、真実か幻か判別しかねていても、見えたものを信じて絵に描き、のこのこといてきてしまう。

「あの、三角形に光る枠って、なんなんですか」

住宅街を抜けて道が悪くなったのか、やたらと揺らされながら、冷川に聞く。さんかく？　と首を傾げる冷川に、ほらあれ、あなたが俺に触るときの、と声を潜めた。半澤に聞かれるのは、なんとなく気まずかった。

ああ、と思い出したように冷川はうなずく。

「きみの中に入っているときの」

「……変な言い方しないでください」

確かに指先が体内にずぶずぶと入り込んでくるような感触があるけれど——そしてそれが妙になまめかしく心地いいのは否定できないのだけれど。

冷川に触られるたび、あたりは真っ暗闇に包まれる。そうして瞬きのあと、三角はいつも冷川とともに光る三角形の内側に立っている。その向こうに、あれの――霊の記憶が見えるのだ。流れ込んでくる記憶は、ときに頭痛や目眩をもたらす。脳内で渦巻く映像を処理しきれず、圧倒されているうち、気づけば目の前に迫ってきた霊は冷川に祓われている。

「あれは、結界みたいなものですね」

「結界？」

「隔離、ともいえます。現実から僕たちを切り離し、霊に近い場所にいく。でも同時に、結界を張って近づきすぎないようにする。きみの中に、僕以外のものが入らないようにする意味もあります」

「……はあ」

「要するに、安全ということです。あまり気にしなくていいですよ」

面倒くさいのだろう。冷川はそれ以上説明しようとはせず、窓の外、流れる景色に目をやった。いつしか車は、畑のまばらに見える郊外の道を走っていた。

「ついたぞ」

半澤が車を止めたのは、手入れされていないせいで枯草の生い茂るだだっ広い広場。その向こうに、三角が描いたのとよく似た洋館がたたずんでいた。想像していたよりも朽ち果てていて、壁に割れ目が入っているのが遠目から見てもわかる。

誰かの記憶を自分の脳に転写すると解像度が低くなるらしい、というのは新鮮な発見だった。

「この絵、坊ちゃんが描いたのか」

見比べながら、半澤が聞く。

「ええ、まあ……」

「三角くんを通じて見えた霊の記憶です」

なぜか冷川が誇らしげに言う。半澤は、無遠慮に顔をしかめた。

「ったく、化け物じみてるなあ」

自分で頼っておきながら、半澤は三角や冷川の能力を好んでいないようだった。というよりも、本気でとりあっていないようにも見える。それなのに、信じて従う。冷川とはまた違う意味で、ちぐはぐだ。

「繋がっていきましょう」

立ちすくんでいる三角の肩に、冷川が手を置く。不意打ちにひゃっと声をあげて身をすくめると、ふりむいた半澤に、何やってんだおまえらと言いたげな視線を、これまた無遠慮に投げつけられた。

眼鏡ははずしておいたほうがいいのだろう、と首からさげて、冷川に肩をつかまれたまま半澤に続く。半澤は、鍵のこわれた門をあけて、ためらいなくずんずんと中に入っていった。

どれほどの年月、放置されていたのか。壁は崩れ、雨水で木の支柱は腐り、室内まで木の枝が伸びている。人の住まいというより、事務所として利用されていたのだろう。スチール製の資料ラックや、綿の飛びでたソファが置き去りにされている横で、ゴミ袋や段ボールが転がっている。廃墟となったあとは、若者のたまり場にでもなっていたのかもしれない。カップ麵のゴミや空き缶が捨て置かれているのも目に入った。犯罪現場にはもってこい、というわけだ。あれの気配とはまたちがう寒気が背筋を走り、三角は身体をふるわせた。

様子がおかしい、と気づいたのはさらに建物の奥に進んでからだ。

壁の漆喰が崩れた細い廊下に足を踏み入れると、不意に、通っていないはずの電気がちかちかと明滅した。同時に、鼓膜に突き刺さるような甲高い金属音がして、耳障りな羽音とともに、行く手の奥から大量の虫が襲いかかってくる。犯人の記憶を覗きみたときのような生臭さまで充満してきて、吐き気をもよおし、三角は思わずうずくまった。さすがの冷川も顔をしかめ、三角から離した手で口元を覆う。ひどいですね、と忌々しげにつぶやく彼に反応する気力もなく、五感のすべてが不快感に支配され、叫びだしそうになったそのとき、

「なにやってんだ、おまえら」

と、どすの利いた声が響いた。

とたん、虫の気配も金属音も一瞬で霧消した。

除霊したあとのように、空気が澄みわたっていく。呼吸が楽になり、身体も軽くなる。驚きのあまり目をしばたたく三角を、不審そうに半澤は見下ろした。

「坊ちゃん、暗いところが怖いんか？」

「あ、いえ……」

「こんなんでびびってるようじゃ、先が思いやられるな。そこで待っとくか？」

「……だい、じょうぶです」

「あ、そ。だったら奥行くぞ、奥」

そう言って、ずかずかと廊下の奥に踏み込んでいく半澤の背中を、三角はあっけにとられながら見送る。

「大丈夫なんですか、あの人」

へたりこんだまま問うと、冷川は肩をすくめた。

「霊感ゼロですからね」

「いやでも、ゼロっていっても、霊を怒らせるようなことしたらやばいんじゃや。なんかほら、バチみたいなものがあたったり……」

「あの人は、決定的に自分の目で見たものしか信じません。信じないものは、その人に作用できない」

そう言って、冷川は三角の首根っこをつかんで引っ張り上げた。

「見えすぎてしまうだろうけど、たぶん繋がったままのほうがきみは怖くない。さ、仕切り直して僕たちも行きましょうか」

「……はい」

冷川に押される形で歩きだすと、先ほどの金属音がふたたび耳の奥に響きわたり、羽音の気配も戻ってきた。けれど、心構えができたせいか、冷川と繋がっているからか、先ほどのように強く動揺することはなかった。

首筋にあてられた指先から、伝わってくる生暖かい人の温度。

それを安心感と呼ぶには、三角にはまだ冷川に対する警戒心も戸惑いも残されているのだけれど。

「おい、どこ探せばいい？」

半澤が、床に転がっている木くずや段ボールを蹴飛ばしながら聞く。

答える前に、冷川が三角の耳元でささやいた。

「よく視て。僕は聴きます」

首をつかむ手が、わずかに強くなる。

「そしてそれを共有する……そう、その調子」

冷川の指が、いや、存在が、三角の皮膚の内側にずぶずぶと侵入していく。——きもちわるい、のに、きもちがいい。いつもの、腹の底からざわめくような感覚がせりあがる。けれど、今は、暗闇に放り出されることはない。かわりに、眼鏡をはずしたせいでぼやけているはずの視界に、はっきりとした〝流れ〟が浮かびあがってくるのを感じた。〝見えない〟と〝見える〟の境目で、三角はそれをつかもうとする。冷川の耳にも同じように、気配が音となって届いているのが伝わってくる。

これが、共鳴。

これが、同期。

「……何かいるね」

冷川の言葉に、三角はうなずく。左半身が、妙にちりちりしていた。違和感を覚えるほうに目をやり「あそこです」と指さした声と動きが冷川のそれと重なった。その先には、段ボールや資材が積みあげられている。奥に朽ちた板をたて、さらにはカーテンをたらしてまで侵入を阻もうとする強固な意志を感じるのに、隠し方は妙に雑。それは、遺体の一部をゴミ捨て場に混ぜた、犯人のやり口と似ている気がした。

「つたく、マジで薄気味わりいな」

半澤が薄笑いを浮かべる。おそれも怒りもそこにはない。ただ思ったから言った、というシンプルさ。ああだからか、と三角は思う。半澤は三角たちを好いてもいなければ、その能力に興味もない。だけど向けられる言葉には、同時に悪意もこめられていない。だからどんなに直截的に無礼な言葉を吐かれても、この人相手だといやな感じがしないんだ、と。

あいかわらず、神をも恐れぬ豪胆さで、半澤は荷と板を投げ捨てると、カーテンをめくって中に飛び込んだ。

だだっ広い、部屋だった。

壁につたう配管は薄汚れ、老朽化したのか一部は砕け落ちていて、換気扇は当然ながら、止まっている。窓から西日が差し込んで、床がはがされて土だけになった地面をやわらかな光で照らしていた。いや――正確にはその中央で、ビニールシートのようなものに寝かされた女性の身体を。

「おいおい、なんで腐ってねえんだよ。一ヵ月以上も経ってんだぞ……」

さすがに呆然としている半澤のうしろで、三角は全身を硬直させながら、横たわる女性から目をそらせずにいた。冷川とともに部屋に足を踏みいれると、女性の身体にひどく不自然な切込みが入っていることに気づく。赤黒い血の流れ出る上に走る、縫合跡。その意味するところを了解するまで大した時間はかからなかった。だって三角は見た。犯人の記憶から、彼が針金のような太い糸を、恍惚とした表情で皮膚に通していく姿を。遺体を繫ぎ合わせていく、その不器用な指先を。

女性、ではない。

女性たち、だ。

半澤の〝探しもの〟のすべてが、ここにある。

「お前ら、そこから動くなよ」

半澤の鋭い声に制されずとも、三角の足はそれ以上一歩も動きそうになかった。

彼女たちの横に、黒い影のようなものが立ち上っているのが見えた。その影は三対の目をもっている。うかがうように、試すように、三角をただじっと見ている。

「きみにはいつも、もっと人間のかたちに見えているね」

と、冷川が言う。

「あれ、……なの？　あなたにはいつも、あれが、あんなふうに見えて」

「……ええ。ですからきみがいてくれてとても助かっています」

冷川の声を聞いたとたん、虫に襲いかかられたときとは比較にならない不快感が喉の奥からせりあがってきて、三角は両手で口を覆った。その隣で冷川は、「それにしてもよくできている」と感心したような息を漏らす。

「ばらした部品のそれぞれ優れた場所を繋いでひとつにする。……部品の元の人選は、理不尽であればあるほど有効。道具ができあがったあとは標的に『お前を呪った』と告げるだけでいい」

「の……ろい……」

「おい、坊ちゃん、大丈夫か」

署に連絡を入れおえた半澤が、顔面蒼白になっている三角を見て、ぎょっとする。だけど三角は、あなたこそ大丈夫ですか、と聞きたかった。半澤は、黒い影に重なるようにして立っていた。三対のぎょろりとした目が、半澤をとらえている。けれど彼がびくともしないからか、目はふたたび三角のほうに向く。

「冷川、おまえがそんな首根っこつかんだままだから苦しいんじゃねえか。手ぇ離してやれ」

「いま離したら彼は吐きます」

「吐いちまえ、吐いちまえ。ほら坊ちゃん、黙って鼻からふかーく息を吸え」

冷川の手が離れると、ぎりぎりのところで食い止めていたものが胃の底から一気に逆流した。しゃがみこんでえずく三角の背を、存外にやさしい半澤の手が撫でる。

――人、だった。

書店で、道端で、自宅の片隅で。

これまで遭遇するたび逃げ続けてきた、たくさんの影が脳裏をよぎる。

――人だったんだ、みんな。

涙でゆがんだ視界の片隅に、横たえられた足が映る。

殺された、被害者。無残にも、部品にされてしまった女性たち。たとえ半澤には見えなくても、彼女たちは確かに黒い影となってそこにいる。人の形を保っていないのは、それほどまでずたずたに彼女たちの魂が壊されたから。

だとしたら。

自分以外の誰にも見えなかったとしても、あれが三角のつくりだしたまやかしではないとしたら、三角がこれまで目にしてきたのもまた、みなかつては生きて死んだ人たちだということで。

――人なんてどこででも死んでますよ。

冷川の言葉がよみがえり、衝動的に涙がこぼれた。

「かわいそうに」

と冷川が思ってもいなそうなトーンで言って、手を払うのが見えた。黒い影は、静かに消えていく。それが彼女たちにとって救いなのか絶望なのか、三角にはわからない。ただ、

――かわいそうだろ。

半澤も言ったその言葉だけが、胸の奥で響きわたる。

二人はたまたま足を踏み入れた清掃業者、ということで半澤が報告をとりつくろったため、ほとんど聴取もされずに解放された。かわりに、今すぐ布団に倒れ込みたい気分だった三角を、冷川は強引に事務所へと連れもどす。途中、高級スーパーに立ち寄ったかと思うと、カゴいっぱいに購入したのはカルビやらロースやら焼肉用の牛肉で、七輪は買ってあるんですよといそいそ帰途につく彼の姿に、三角は呆れるよりほ

かなかった。

「……よくもまあ、食欲がわきますね」

「なぜです？　おいしいでしょう、お肉」

屋上で夜風に吹かれながら、七輪の炭火であたたまり、肉が焼けていくのを肴に、缶ビールを開ける。最高の贅沢だ。今日みたいな日でなかったら。

三角の脳裏には未だ、彼女たちの切り裂かれた肉とこびりついた血の赤が焼きついている。安いペラペラの肉と違って、立体感があり生気のみなぎっている肉が焼けていくのをみると、ふたたび食道を何かが逆流しそうになるのを感じたが、すでに出せるものはすべて出しつくしてしまい、三角の胃の中はからっぽだ。

つまりは、空腹なのも確かなのである。

野菜も食べたほうが……という三角のすすめで買ったピーマンに、冷川は興味がないらしく、網の上でどんどん黒くなっていく。とりあえず皿に避難させ、焦げているところ以外は半生という中途半端な食感のピーマンを奥歯で噛みしめながら、三角は冷川に目をやった。満足そうに肉を頬張るのを見ていると、落ち込んでいる自分がばからしくなってくる。記憶が薄れればきっと、三角はまた肉を食べるだろう。だとしたらそれが今日でも同じことだ、とようやく肉に箸を伸ばした。

「……見つかって、よかったですね」

「何がですか？」

「遺体ですよ。ずっとあのままじゃ、確かにかわいそうだった。こんなふうに、力が役に立つこともあるんですね」

聞きたいことはたくさんあるはずなのに、口を衝いて出たのは、あたりさわりのない言葉ばかりだった。今は、一つでもよかったことを見出さなければ、もちこたえられそうにない、というのもあるけれど。

半澤からの依頼はまっとうした。でも、解決したとはとうてい思えない。

どうして犯人があんなことをしたのか。冷川の言っていた呪いや道具とはどういう意味なのか。それから。

「……ヒウラエリカ、って誰なんですかね」

冷川が、箸を止めた。

「あの犯人、言ってましたよね。ヒウラエリカに騙された、って」

「そのままの意味でしょう。あの男は、ヒウラエリカに騙されて、ツギハギの遺体をつくらされた」

「え？」

「あの男は操られていただけです。だから供述に一貫性はないし、なにを聞いても肝心なことはわからなかった」

当たり前のように言われて、三角は絶句する。

冷川は、微笑んだ。

「あのツギハギの遺体が何なのか、わかりますか」

「……道具、ってあなたが」

「正確には、装置です。呪いの装置」

冷川の言葉が、秋の夜空にひんやり浮かぶ。

「藁人形みたいなものですね。呪いをかけるために必要な穢《けが》れを、ツギハギの遺体はその理不尽さによって強くした。ヒウラエリカはあの遺体を経由して、呪いの遠隔操作を行っているんでしょう。まあ、我々が見つけたことで、すでに効力は失われたでしょうけれど」

「……知ってるんですか、ヒウラエリカ」

「え？」

「知ってる……人みたいに名前を言うから」

「知りませんよ。ただ、何度か同じ名前を聞いたことがあります。初めてじゃないんです。霊があんなふうに名前を言い残すのは」

「言わなくていいんですか、半澤さんに」

三角は、眉間に深い皺を寄せた。

「だってそれ、繰り返してるってことでしょう。誰かに見つかるたび、新しい装置をつくってる。ってことは次もまた」

「つくるでしょうね。やり方は変えるでしょうけど。でも、半澤さんに言ってなんの意味が？」

冷川は、純粋なほどまっすぐに、三角を見つめた。

「ヒウラエリカは呪いをかけただけですよ。犯行を教唆《きょうさ》したわけでも、直接手をくだしたわけでもない。そんなことで警察は動けません」

「でもやめさせないと」

「それは僕らの仕事じゃないでしょう」

不思議そうに、冷川は言う。それはそうかもしれないけど、と三角は髪をぐしゃりとつかむ。

「……わけわかんねえ。呪いって、なんですか。人を操るって、どうやってそんな」

「三角くん、顔色が悪いですよ」

不意に、ずいっと顔を近づけて、深刻そうな面持ちで言った。

「……と言われると、本当に具合が悪くなった気がしませんか？」

「え……」

「言霊ってやつです。無意識に口にしている言葉さえ、簡単に呪いになりえてしまう。ではそれを、意識的にやったとしたら？」

表情一つ変えずに、淡々と冷川は問う。いつだって安定している彼の穏やかさに、これほど圧を感じたのは初めてだった。何も答えられず、うまく考えることもできず、三角はただ押し黙る。

「SNSで拡散されている〝ウザい〟や〝死ね〟という言葉も一種の呪いです。そして人を呪えば必ずそれが自分自身にはねかえってくる。世の中に拡散した呪いをいちいち祓っていたらキリがないし、とても身体がもちません。相手が能力のないただの人間でも、ヒウラエリカであろうとね」

脳裏で、彼方の記憶が、ちらついた。

用水路をみおろす土手で、半笑いと苛立ちを交互に浮かべながら三角の腰を蹴る少年。小学校のとき、クラスを仕切っていた大輔《だいすけ》と、そのとりまきたち。

――うぜーんだよ、消えろ。

――ぶっ殺すぞ。

乱暴な言葉には、半澤が発するのと同じで深い意味はなかった。けれど半澤とちがって、そこには悪意があった。たぶん冷川が言うところの、呪いになりえる何かが。

だからあのとき。

跳ね返った自分たちの言葉に、彼らは襲われて。

「どうかしましたか？」

見透かしたように、冷川が口の端をあげる。

なんでもないです、と三角は目をそらし、焼きすぎてしまった肉に箸をのばした。

＊

壊された、と英莉可が気づいたのは放課後の教室で帰り支度をしているときだった。

正確にはなにかを〝抜かれた〟ような心地がした。使える力が、減っている。どれだろう、と首をかしげながら教室を出る。カラオケに行こうとか、どこそこのカフェの店員がかっこいいとか、楽しげに語らうクラスメートたちの間をすり抜けて。誰も、英莉可が通ったことにも気づかない。そこにいることにも、たぶん最初から気づいていない。

溶けこんでやり過ごすすべを、英莉可は物心ついたときから覚えていた。人ならざるものに目をつけられやすい自分が、集団で目立つのはとても危険だ。いじめられたりすれば悪意をむやみに身にまとうことになるし、人気者になればそれだけ、危険にさらされる人が増える。だから、一人がいい。誰からも気づかれず、興味をもたれず、静かに潜んでいるのが、いちばんよかった。

それにそのほうが、仕事もやりやすい。

英莉可は皮肉げに口元を歪めた。

制服というのも便利だな、と思う。このあいだ呪いをかけた弁護士も、撥ねられる寸前、挙動が不審だったとトラック運転手は証言していたのに、直前に話をしていたはずの英莉可のことは覚えていなかった。ありふれたブレザーに、短い黒髪。たったそれだけで英莉可は街に溶けてしまう。そこにいるのに、誰にも見えない。透明人間のように。

ときどき、そのまま溶けて消えてしまいたい、と思う。そうなったところで、困る人間はいても、悲しむ人間は誰もいない。けれど、許されない。英莉可は常に、見張られている。

校門を出て十分ほど歩いたところに止まった黒塗りの乗用車。

自分みたいな子供一人のために毎日毎日ご苦労なことだ、と胸のうちで毒づく。監視役としてつけられている男が、でかい図体のわりには大人しく、邪魔にならないのだけが救いだった。ああ、いや。犬だって大型のほうが動きもゆったりで大人しいもんな、と失礼なことを思う。きゃんきゃん騒がしいのは、たいてい子犬のほう。

弱い者ほど、騒ぐし、群れる。私はそうはなりたくない、と英莉可は思う。

助手席の窓ガラスをノックすると、鍵が開いた。後部座席に乗り込むと、

「あの廃屋に向かって」

と、運転席にぞんざいな声をかける。男は、親子ほど年の離れた英莉可の不遜な態度を注意することもなく、わかりました、と短く返事をして車を走らせた。

天井に頭がくっつきそうなほど背が高くて、細身だけれど服の上からでも胸板の厚さと強靱さが見てとれる、こわもての男。制服もときに厄介なもので、彼と一緒にいるときだけは悪目立ちしてしまうようで、これまで何度も職質をされた。だから、ほとんどの場合、彼はこうして車のなかで待っている。

目的の洋館が見えるだだっ広い草むらに到着すると、英莉可はひとりだけ車から降

りた。枯草が折れ、新しい車輪の痕がいくつも地面に走っているのに気づき、眉をひそめる。

──なんか、いやなかんじ。

ついてこないでよ、と男に念を押すと、早足で洋館に向かう。雑然と散らばってはいるようで、何かを調べたあとのように、一定方向に均一によけられた段ボールやゴミ袋の山。そういえば、ゴミ袋の隙間に放り込むようにしてバラバラの遺体を捨てたんだっけ、と思い出した。ずいぶんと雑なことをするな、とあのとき不安に思ったのが的中した。警察だって無能じゃない。レンタカーの記録やら、彼の行動記録やらを調べれば、この廃屋にたどりつくのも難しくはなかっただろう。

人選を、まちがえたのだろうか。

もっと几帳面な男を狙うべきだっただろうか。

いや、あれでよかったのだ、と英莉可は打ち消す。彼が選ばれたことさえ、無作為であるほうがよかった。因果なんて、なければないほど、いい。

親切な人だったな、とコンビニで話しかけた男のことを思いだす。

《あなたの想像のつく中で、いちばんしちゃいけないことをこの三人にしてください》

そう、英莉可は彼に呪いをかけた。

宅配便を出すふりをして、弁護士にしたように話しかけ、なにげない雑談の裏に、真意をこめて。

《誰にも見つからない廃屋があるから、そこで》

《あなたの自由です》

《自由に、思いつくかぎり残酷なことを》

呪われた彼が何をするのか、英莉可にもわからなかった。

遺体をバラバラにして繋ぎあわせるなんてそんなこと。

人畜無害を絵に描いたような青年の頭のなかに潜んでいるだなんて、想像もしていなかった。

でも、だからこそ、穢れは強く、呪いの効き目は増した。——それなのに。

ボイラー室の扉は開け放たれていて、あるはずの遺体はなくなっている。彼女たちが寝かされていたはずの場所にしゃがみこみ、英莉可は床に手をあてた。何があったのか、誰が来たのか、気配のかけらをたどるように、念をこめて。

そのとき、すうっと立ちのぼる影があった。

彼女たちの残骸、ではない。チェックのシャツを着て、眼鏡をかけた、気弱そうな男。怯えたように、ひょろっとした身体を震わせ、立ち尽くしてこちらを見ている。

「誰……？」

たいした力は感じられない。けれど、彼こそが英莉可の道具を壊し、邪魔をしようとしている張本人だということは、間違いなかった。

何かが起きている。英莉可にとって不都合な何かが。

薄れゆく男の残像を、決して忘れないよう、英莉可は五感に焼きつけた。

第三話　神隠し

ヒウラエリカとは、誰なのか。

おそらく女性なのだろうが、どこに住んでいて、何歳くらいなのかはもちろん、漢字さえもわからない状態では、手がかりをつかみようもなかった。事務所にひとり残された暇な時間、とりあえずスマホで検索してみた三角だったが、何一つ情報は出てこない。同姓同名の人間が一人もいないとは考えにくいが、誰もＳＮＳすらやっていないようで、ヒウラとエリカを別単語として認識した検索結果がいくつかヒットしただけだ。今の時代、インターネットで調べられないことなんてないと思っていたが、意外とそうでもないらしい。

そしてふと、冷川の言っていたことを思い出し、ＳＮＳの検索ワードに「死ね」と設定してみる。こちらは、追いきれないほど無数の投稿があがる。上司や友達、家族の愚痴、社会への不満から、態度の悪い店員への怒り、通りすがりに見かけたカップルへの劣等感などが、あらゆる罵詈雑言とともにタイムラインに並んだ。理由なく文字数いっぱいに「死ね」と連打しているだけのものすらあり、憤懣と怨念の渦に三角は胸やけしそうになる。

投稿主たちはきっと、悪人ではなく、むしろどちらかというと人よりまじめだったり不器用なだけだったりするのだろう、と想像できるのも苦しさに拍車をかけた。これほどまでに無防備で、ただの発散でしかない言葉が〝呪い〟として発動し、彼らに跳ね返ってしまうのか。

もちろん匿名であろうと誰にも見られていなかろうと、発言には責任をとるべきだし、特定の誰かに届けるための誹謗中傷はもってのほかだ。けれど、やり場のない感情を人知れず吐き出すことで、どうにかやりすごしていることもきっとある。それを穢れと呼ぶならば、呪いと無関係な人間なんて、この世に存在するのだろうか。

――なんて、俺が考えてもしょうがないんだけど。

すっきりしない気持ちでスマホを机の上に伏せると、コンクリートの階段を、踵《かかと》を鳴らしながら登ってくる音が聞こえた。客か、と立ち上がるのとノックもなしにドアが開くのとが同時だった。

「よう」

苦虫を嚙み潰したよう、とはこういう顔を言うのだろう。半澤はいつもどおり不機嫌な表情を浮かべ、許可もとらずに入ってくる。部屋を見まわし、冷川がいないことを確認すると、ソファにどかっと腰をおろした。

「あの無駄に顔のいいヤツはどこ行った」

「もうすぐ戻ると思いますよ」

保温してあるポットの茶を湯吞にそそぎ、半澤の前に運ぶ。その一挙手一投足を値踏みするようにじっと観察していた半澤は、三角を睨み据えたまま――本人は睨んでいるつもりはないのかもしれないが――湯気のたった茶をぐいと呷った。

「三角くんだっけ。あんた、冷川とはちがうよな」

「ちがう？」

「妙な力を持ってるわりに慣れてないっつうか」

慣れる、というのは、何に対してなのだろう。

人ならざるものが常に視界に紛れこむ人生に？　それをうっかり口にして、気味悪がられて攻撃される日常に？

「……慣れるもんじゃ、ないですよ」

慣れたらおしまいだ、という気持ちもこめて、ぶっきらぼうに答える。ほう、と初めて興味を惹かれたように、半澤は片眉をあげた。

「そうなの？　じゃあなんでここで働くことになったの」

「それは……冷川さんが助手になってくれっていきなり」

本当にいきなりだったな、といま思い返しても脈絡のなさに驚いてしまう。いったい、どうして三角に声をかけようなどと思ったのだろう。時給が魅力的だったとはいえ、我ながらよく連絡したものだと苦笑する。

「きみは僕の運命だとか言って。ちょっと引きましたけど」

「……運命？　冷川がそう言ったのか」

「はい。……え？　なんですか？」

ぴり、と急に半澤が殺気立ったような気がして、三角は笑みをひっこめる。けれど半澤はすぐ、なんでもねえ、と打ち消して目を伏せた。

「まあいいや、坊ちゃんも座って茶ぁ飲めよ」

「このあいだから思ってたんですけど、その坊ちゃんってなんですか」

「それにしてもなあ、この商売が助手を雇えるほど繁盛してるとは思えないんだが、世の中はそんなに化け物がうようよしてんのかね」

人の話を聞かないのは冷川と一緒だな、あんがい似た者同士なのかも、と思いながら、三角は半澤のとなりにパイプ椅子を引いて腰をおろす。半澤が見た目や言葉遣いほど乱暴な人間ではないことは、さすがにもうわかっていたから、緊張もしない。

「まあ、たしかに依頼は多くないですけど……人に言えないことを抱えているケースも、たぶん少なくないので。ひとつの案件に対して単価は悪くない、みたいです」

「人に言えない？　殺した奴が化けて出てくるとかか」

「いや、それはさすがに……ガチの犯罪じゃないですか。でも、亡くなった人とわだかまりを残しているとか、一方的に恨まれてるってこととかは、あるでしょうし。あ、そういえば家に憑いた霊を祓ったこともあります。その場合、原因は本人というよりも血筋……なのかな」

「はあん」

あからさまに雑な相槌を半澤はうつ。本当に、こんなに信じていないのにどうして冷川を頼るのだろう、と不思議に思いながら、三角は続ける。

「あとは、除霊だけじゃなくて、呪いまで範囲を広げたら、もっとニーズはあるのかも。……そうか、生霊ってこともありますよね。気づいていなかっただけで、これまでも呪いの案件に俺も関わっていたのかもしれない」

「ああ？　呪い？」

「あー、ええと。幽霊より、人間のほうが怖いってことですよ」

「そんなこと、あたりまえだ」

ですよね、と三角は肩をすくめた。

半澤は、ツギハギの遺体が呪いの装置だったことは知らない。けれど、呪いなんて無関係の場所で生きている人たちの、無関係だからこそ純粋な憎悪や痛みにまみれた事件を、刑事として目の当たりにしてきているはずだ。

三角は、眼鏡をはずせば、あれと普通の人とを見分けることができるけれど、半澤は視界に映る人すべてを場合によっては疑ってかからなくてはならない。それはそれで、ひどく怖いことのように三角には思えた。

――あの人は、決定的に自分の目で見たものしか信じません。

それは、そうしないと、立ち向かってはいけないからなのかもしれない。

「……ヒウラエリカ、って聞いたことありますか」

少し迷ったあと三角が聞くと、半澤は首を傾げた。

「誰だそりゃ」

「わかりません。冷川さんも知らないって。……でも、この間の事件に、たぶん関わっていると思います。犯人の記憶を覗き見たとき、彼が言ったんです。ヒウラエリカに騙された、って」

「はあ、記憶」

「冷川さんは、半澤さんに話しても意味がないって言ってたんですけど」

「まあ、刑事が幽霊の証言なんざ信じちゃ終いだからな」

口の端をひきつらせながら、けれど半澤がヒウラエリカという名を意識に刻みつけたことは見てわかった。

やっぱり不思議だ、と三角は思う。信じていないのに頼り、三角の言葉を疑わない。半澤の、その矛盾が。

「半澤さんは、どうして冷川さんに仕事を頼むんですか。信じないようにしている、とかじゃなくて、本当に信じていないですよね？」

「一言で言やあ、腐れ縁だな」

「付き合い、長いんですか」

「あいつがガキの頃から、だな。つっても、何年か会わない時期があったんだが……あるとき急に呼び出されたかと思うと、おかしな情報売ろうとしてきやがった。それが最初だ」

「おかしな情報？」

「死体の隠し場所。……マトモに生きてってくれるんじゃねえかと少しは期待してたんだが、裏切られた気がしたね。で、まあ、危ない連中とつるんでるようならまとめてしょっぴいてやろうかと思ったんだが」

「誰も、いなかった」

彼には、親も友達も恋人もいないから。

ふん、と半澤は鼻を鳴らした。

「後ろ盾も仲間もいるようには見えねえし、どれだけ叩いても埃も立たねえ。じゃあいったい誰に聞いたんだって聞きゃあ、死んだ本人だっていう。ワケわかんねえだろ？　わかんねえが、情報の場所に死体はあった。しょうがねえから、細かいことはいったん保留にしておいて、監視がてらときどき依頼してやることにしたってわけ」

「……ざっくり、してますね」

「どうやら悪事に手は染めてねえ。もってくる情報は確かだ。だったら利用しない手はないだろ」

そういうことか、と合点がいく。

半澤が信頼しているのは冷川本人ではなく、自身で調査した結果である彼の潔白と、そして冷川がもちこむ情報の確度なのだ。

「こんな商売やってるとな、どうしたって微塵も理解できねえようなことにぶち当たるのもしょっちゅうなのよ。なんでこんなことやっちまうんだってのもあるし、文字どおり人間の仕業とは思えねえのもある。聞きたいか？　怖えぞ」

「いえ、遠慮します」

即答した三角に、半澤は珍しく頬をゆるませる。よく観察していなければ気づかないほどわずかに、だけれど。

「……ま、そうやって変なもんに圧倒されちゃうと、毒をもって毒を制すみたいに思っちゃう刑事も中にはいるわけ。危ない宗教にハマったり霊感ってやつに頼ったりさ。でも、そんなもん信じちゃ終いなんだよ、俺たちは。現実相手にしてんだから」

だから踏み込まない。

冷川や三角が、何を見て、どんなふうに情報を得たかなんて。一応聞きはしても、理屈で納得できないようなことなら、保留する。

この男を取引相手に選んだ冷川の気持ちが、わかるような気がした。わからないことを、自分たちの理屈でねじまげてむりやり解釈しようとする人も多いなか、こんなふうにゆるぎなく、保留でいいと言ってくれる人がそばにいてくれるだけでほっとする。現実は何も変わらないとしても、救われる。

「お茶のおかわり、いりますか」

「いや、俺ものんびりしにきたわけじゃねえから……」

「半澤さん、いらしてたんですか」

腰を浮かそうとしたところで、事務所の主が帰還した。会話に夢中になっていたせいで、足音には気づけなかったらしい。打ち解けている三角と半澤を、〝無駄にいい顔〟で不思議そうに眺めたあと、コートを脱ごうとした冷川を、半澤が手で制する。

「ちょうどいいから、このまま出るぞ。説明は、車中でする」

「今度はなんですか？」

「そうさねえ。平たくいえば……神隠し？」

冗談めかしてはいるものの、半澤は一瞬で仕事モードに切り替わった。三角は留守番、というわけにはいかなそうなので、しかたなくジャケットを羽織る。

時計を見ると、十四時。今日は帰りの遅い母の代わりに夕食をつくらねばならないのだが、果たしてまにあう時間に帰れるだろうかと、三角はこっそり息をついた。

川沿いの道をまっすぐ車を走らせながら半澤が語ったことには、「人のいつかない土地がある」ということだった。

「立地も評判も悪くねえのに、なんでか店が長続きしない場所ってあるだろ。この通りに並んでいる店が、それだ。それでもちょっと前までは、頻繁に店構えを変えながらも通り全体が賑わっていたんだが」

今は、すべての店舗にシャッターが降りている。

こじゃれたバーに、大衆居酒屋。喫茶店兼スナック。どの店の看板もくすんで、人通りも車通りも少ないせいで、閑散とした寂しさが漂うばかりだ。

「半年前に起きた殺しの被害者が、最後に目撃されたのがそこの居酒屋だ。他にも、その店で足どりが途絶えた失踪者が何人もいる」

「それって、床に埋まってたりとか……」

三角が問うと、半澤は大げさに首を横に振った。

「調べたよ。難癖つけて令状とってな。だが収穫なし。念のため近隣の店も調べたが、全部まっしろ。そうこうしているうちに、居酒屋の店主が突然死。気づけばどの店も撤退してたよ。で、そのあと土地を購入した不動産会社があやしいってんで調べたら、なんと暴力団のフロント企業。こりゃ何かあるぞと様子を見てたんだが、新たに物件を建設する予定もない」

「なんで購入したのか、わかりませんね」

「だろ？　とにかく、何から何まで妙ちくりんなんだ」

「行ってみましょうか」

黙って聞いていた冷川が、まっさきに車を降りる。

その瞳が小さな輝きをともしていることに、三角は気づいていた。つまりは、たぶん、霊か呪いがらみの案件なのだろう。

予想は、車を降りたあと、確信に変わった。あの廃屋の比ではない禍々しさが、通り全体に放たれていて、思わず息を止めているうちに、窒息してしまいそうだった。

「冷川さん。さすがにここは、ちょっと……」

躊躇《ためら》いなく通りを歩きまわる冷川に声をかける。

そうですねえ、と答える冷川の声はやっぱり弾んでいた。そして、通りを往復したあと、中央にあるやたらと細いビルの前で足を止める。

やっぱり、と三角は思った。

電気のつかない薄暗さだけでなく、その入り口からは得も言われぬ〝昏さ〟が漂っていた。近づこうにも、足が前に進むことを拒絶する。いやだ。あそこには行きたくない。行ってはいけない。と、理屈ではなく本能が告げている。

冷川は地面に落ちていた白い石を拾い上げると、おもむろに店舗の前に線をひいた。入り口を底辺にした、三角形。結界だ、と三角がつぶやくと、冷川は身体を起こし、半澤をふりかえった。

「半澤さん、その線の端っこを踏んでてください」

と、道路に面した頂点を、冷川は指さす。

「なんだこれ？」

「結界です。動いちゃだめですよ」

「なんでだよ。俺も行くよ」

「いえ、そこにいてください。あなたの信じない力は強い。おかげでここが、いざというときの避難場所になります」

「……はあ」

戸惑いながらも半澤は、頂点を隠すように右足を、底辺に向かう線上に左足を載せた。意味わかんねえ、と不服そうに顔をしかめているものの、逆らうつもりはないらしい。

「三角くん、行きましょう」

当然のように、冷川が誘う。

ずりずりと、足を引きずるようにしてどうにかビルの前に辿りついた三角の、息苦しさは増すばかりだった。入り口にとりつけられた、鉄格子のような門扉。これは、たぶん、最初からあったものではない。つまり、廃墟のボイラー室と同じで、誰かが侵入を阻むために設置したものだ。しかも、もっと周到に、頑丈に。

ということは。

中に隠されているのはきっと、ツギハギの遺体よりも強力な何かで。

眼鏡をはずした三角の肩に、冷川が手を置く。

まるで、二人で一つの身体になったかのようだ、と三角は思った。三角の左手は、冷川の左手。冷川の右手は、三角の右手。繋がったまま、ともに門扉を押して足を踏み入れる。その後ろ姿を、手持ち無沙汰に、半澤が見守っている。大丈夫。いざとなれば彼のもとに戻ればいい。黒い影を無邪気にかき消す彼の信じない強さがあれば、きっと何があっても、助かるはずだ。そう、信じて。

「三角くん、よく見て」

細い入り口のつきあたり、五段ほどの階段を上ったところにブレーカーと郵便受けがあった。なんてことない、ただの雑居ビルだ。右手は雀荘、左手は喫茶店。賑わっていた頃の名残か、客を誘導する張り紙がある。汚れて、破れて、看板と同じでくすんではいるけれど。

大丈夫。大丈夫だ。そう言い聞かせるたびに呼吸が浅くなる。

そのとき一瞬、目の前に人影が浮かびあがった。

《……誰？》

耳ではなく、頭の中に直接響く声。低くて太い凄みのあるその音に反して、現れたのはやや幼さを目元に残した少女だった。幻というにはあまりに明瞭な、実体に近い姿。

——ヒウラエリカ。

考えるよりも先に、呼んでいた。

目の前に閃光が走ったような目眩を覚えて、三角はよろめき、壁に手をつく。必死で崩れ落ちないよう身体を支える三角の肩を、握りこむようにして冷川がつかむ。

「あ？　大丈夫かよ、具合わりいの？」

背中から、半澤の緊張感のない声が飛んだ。答えることもできない三角の代わりに、冷川が振り返らずに声を張る。

「ここは変です、とても」

「あ、そう。やっぱり？」

「故意につくられた場《ポイント》……、そうか」

「罠だ」

ひらめく冷川の声と、あえぐ三角のそれが重なった。

《あなた、誰》

もう一度、彼女が浮かびあがる。

限界だった。三角の膝の力は、一気に抜けた。

「ああ、おい！」

「動かないでください！」

駆け寄ろうとした半澤を、冷川が声だけで制する。

「いやだって、坊ちゃんが」

「三角くん、結界へ戻りましょう」

冷川に抱かれ、引きずられるようにして通りへ戻っていく三角から、彼女は射貫くようなまなざしをそらさない。見られている、ことを肌で感じるたびに、目眩は強くなって三角の全身から力が抜けていく。血液が沸騰しそうに、熱かった。身体中の穴という穴から生ぬるい何かが吹き出しそうになるのを感じる。

「三角くん、しっかり！」

どうにか結界までたどりつき、線の内側によろめく足を踏み入れた瞬間、三角は意識を失った。

夢だ、ということはその場所に立ったときからわかっていた。

三角はランドセルを背負って、今よりもずっと非力で小さな手で肩ベルトをぎゅっと握り、土手の上にひとりたたずんでいる。

吹きすさぶ木枯らしも、土手の乾いた芝生のにおいも妙に鮮明で、三角に強くまとわりついた。だから、これは本当だ、と錯覚しそうになってしまう。眼鏡をかけるようになったのも、書店で働いていたのも、冷川に出会ったことさえ、すべて三角の見た白昼夢で、こちらのほうが現実なのだと。

だけど三角は、これが夢だと知っている。何度も、くりかえし見た情景だ。足がすくんで一歩も動けない自分の臆病さも、何度となく体験した。

見下ろすと、足元に流れる用水路を、同じようにランドセルを背負った少年たちがじゃぶじゃぶと水をかきわけて歩いている。そのうちの一人が――大輔だ――傘をふりまわし、勇んで薄暗い高架下へと進んでいく。彼は、気づいていない。目の前に一人の男が胡乱な表情で立っていることを。両の眼で大輔をしっかりとらえ、一歩、また一歩と彼が近づくのを待ち構えている。

危ないよ、と三角は叫んだ。

けれど見えない彼らには、遊びを邪魔する三角がわずらわしくてしょうがない。罵声を浴びせ、せせら笑い、見せつけるようにさらに堂々と、男に向かって歩いていく。

気づけば、三角は駆けだしていた。あんなにも動かなかったはずの足が、その行く末を見届けたくないと思った瞬間、軽やかに地を蹴った。

――だめだ。助けなきゃ。

脳裏に、声が響く。それは子供の三角ではなくて、どこか冷静に夢と自覚している、大人の三角のものだった。

踵を、ふたたび返す。

そうだ。きらわれたって、罵られたってかまわない。あれは危険だと知っているのは三角だけで、見えているのも三角だけなら、止めなくちゃいけないのだ――今度こそ。連れ去られて、しまう前に。川に、あの男に、呑まれてしまう前に。

けれど次の瞬間、三角の視界に飛び込んできたのは、水面に浮きあがった黒い長靴だった。聞こえてきたのは、少年たちの悲鳴だった。

「ああ……っ」

叫んで、三角は身体を起こす。

そこは土手などではなく、見覚えのある無機質な事務所だった。三角の足は芝生など踏みしめてはおらず、ただ黒い革張りのソファに寝かされていただけだった。

「お……俺……」

けれど三角は、戻ってこられない。混濁した意識のなか、川ののどかなせせらぎと子供たちの悲鳴がいりまじって響きわたる。

間に合わなかった。

助けられなかった。

三角には、三角だけには、それができたはずなのに。

「三角くん？」

呼ばれて、はじかれたように顔をあげる。

目の前で心配そうに自分を見つめる青白い顔の男が誰なのか、一瞬、思い出せない。けれどそれが冷川だ、とわかったとたんに、瞼の裏があつくなった。

あれは、夢だ。

とうの昔に過ぎ去った、決して塗り替えることのできない記憶だ。三角は、彼を、見殺しにした。あの少年は二度と、見つからなかった。とりかえしのつかない後悔が襲いかかってきて、三角の目からぼろぼろと涙がこぼれだす。

それを見て、つと冷川が目を見開く。けれど何か言うより先に、小刻みに痙攣しているる三角の身体を、そっと、うしろから抱きしめた。

「……大丈夫」

いつもと変わらない、穏やかな声が耳元で囁かれる。肩をつかんだ彼の指先が、いつもより遠慮がちに、三角の内側に入っていく。けれど感じるのは内臓をくすぐるような快感ではなく、内臓ごと抱きしめられているような不思議な安心感だった。

こわばっていた心が、一気にゆるむ。

堰を切ったように感情が暴発して、三角は子供のようにしゃくりあげた。

「大丈夫ですよ」

赤子をなだめるように、とん、とん、と優しく肩を叩かれるのがあまりに心地よくて。

三角は、少しずつ気持ちが落ち着いてくるのを感じた。その間、冷川はずっと、よけいなことは何も言わずにただ抱きしめてくれていた。

やがて顔をあげ、端正に整った冷川の横顔を見つめる。

彼は、三角を見てはいなかった。

配慮の距離感なのか、それとも三角の様子に、自身の何かと重ね合わせているのか。三角には、冷川もまた、泣きだしそうになるのをこらえているように見えた。おかしい、ということはわかっている。けれど、こんなにも身体をぴたりとくっつけているのに、冷川の存在が、どこか遠い。ここではないどこか遠くで、孤独に苦しんでいるようで。

なにか言ってあげたいのに、なにも思いつかない。もどかしくなりながらも名前を呼ぼうとしたそのとき。

「……とりあえずは、大丈夫そうだな」

場の空気を変えたのは、困惑したような半澤の声だった。

目にしている光景をどう解釈すべきか、考えあぐねるような表情で、半澤は顎をかいた。

「いきなりぶっ倒れるからびっくりしたわ。捜査に民間人巻き込んで何かあったら始末書もんだしな」

急に恥ずかしくなって、三角は瞼をこする。

「心配かけてすみません」

頭をさげると、その拍子に冷川の手が離れた。

名残惜しい、と思うのを気づかれたくなくて、三角はごまかすように眼鏡をかける。

「なんか急に、気持ち悪くなって……あとのことは俺、全然」

「ま、無事なら万事オッケーよ。しゃあないから、向かいのコンビニでコーヒーでも買ってきてやる。ブラックでいいか？」

「あ、はい……」

髪をわしゃわしゃかきまぜながら乱暴に出て行く半澤に対して、冷川はひどく静かだった。あんなに寄り添ってくれていたはずなのに、今は誰も寄せつけないような雰囲気を放ち、通りにおろされたシャッターみたいに、固く何かを閉ざしている。

あれはヒウラエリカでしたよね、と聞くこともできなかった。

三角が倒れた原因はまぎれもなく彼女だろう。けれど、彼女の姿を思い浮かべようとするだけで、頭痛と目眩が襲ってくる。それでも懸命に思い出そうと、薄れた意識の向こうを三角は探った。

彼女が着ていたのは、制服のブレザーだった。町で見かけたことがあるから、調べればすぐにわかるはずだ。

高校生なんだろうか、と三角は眉をひそめる。そんなこと、ありえるのだろうか。

あれほどまでに残酷で、人を人とも思わず利用する、呪いの装置をつくった張本人が。

あんなにもあどけない、普通の女の子だなんて。

*

半澤と冷川が二人がかりで事務所に連れ戻り、ソファに身体を放り出しても、三角はびくりともしなかった。ただの気絶でないことは、小さく痙攣を続けていることからもよくわかった。さすがの半澤も心配して、洗面所からタオルを濡らして戻ってくる。

「大丈夫なの、坊ちゃん」

「わかりません」

「わかりませんっておまえ」

「結界もつくったし大丈夫だと思ったんですが、どうやらあの場所と三角くんの相性がよすぎたみたいですね」

──あるいは、彼女との。

ヒウラエリカと思しき少女の残像を、冷川は脳裏に思い描く。誰、と問うた彼女に三角は返事はしなかったはずだ。けれど心中で彼女の名を呼んだのは、繋がっていた冷川にも聞こえていた。それが、よくなかったのかもしれない。もし三角が自分の名を告げていたら、こんなものでは済まなかっただろう。

冷川に抱きかかえられたままの三角の額に、せっかくのタオルを置くこともできず、なすすべもなく半澤はうろうろと動きまわる。

「よくわかんねえけど、失踪者と関係あるの、ないの」

「わかりません、まだ。それよりも今は、三角くんが先です。穢れが、もしかしたら彼のなかに……」

奪われた、のではなく。

ヒウラエリカを通じて、あの場所の穢れが、三角のなかに投げ込まれた、と考えたほうが正しいかもしれない。冷川は、三角の頬をぺちぺちと叩いた。何度名前を呼んでも、反応がない。聞こえていない。けれど、ヒウラエリカがやったように、脳に直接声を送るのはやめておいた。かえって、三角の神経を破損しかねない。

そうこうしているうちに、三角は自力で起きあがった。かわいそうに、何かにひどく怯えているようで、奥歯をがちがちと鳴らしていた。

その身体を抱き寄せ、いつもより丁寧に三角の中に入って、魂を同期させる。ひくつきながらゆっくり呼吸を整えていく三角から、穢れと恐怖をとりのぞいてやる。そうするだけでずいぶんと楽になるはずだった。

――それにしても、なんて影響を受けやすい。怖がりで、無防備で無自覚なのに、見えすぎてしまい、ゆえに受けいれすぎてしまう。

契約しておいてよかった、と心から安堵する。三角は、冷川の運命だ。他の誰にも、渡さない。他の誰かを中に入れるなんて、ありえない。

すべてを洗い流すように涙をこぼす三角を見ながらふと、こんなふうに泣くことができたら少しは心が軽くなるものなのだろうか、と冷川は思った。

泣いたって、誰も助けてくれない。疲れて、絶望して、よけいに苦しくなるだけ。だから、冷川にとって泣くというのは、とても非合理的で生産性のない行為だった。だから、てらいなく泣きじゃくる三角に対し、あわれむ反面、苦々しい気持ちにもなる。

――僕には、誰もこんなふうに手を差し伸べてはくれなかった。

呟きそうになって、冷川は眉をひそめた。……らしく、ない。そんな、拗ねたようなことを考えるなんて。

　三角から身体を離して、立ちあがる。

　封じてきた、思い出したくもない過去を呼び覚まされそうな気がして、冷川は食い止めるように腕を組んだ。今はまだ引っ張り出したくない。考えたくもない。それなのに三角と一緒にいるようになってから、ときどき、妙に記憶の奥底が揺さぶられる。そんなこと、冷川はちっとも望んではいないのに。

　三角は確かに、冷川の運命だ。彼が、冷川を救ってくれる唯一無二の存在であるはずだった。けれどもし、三角が冷川にとって都合の悪いことを、持ち込む危険性があるとしたら。それでも彼を、自分は運命と呼べるのだろうか。

　そう自分に問いかけながら、笑みをとりもどした三角の横顔を、冷川は静かに見おろした。

第四話　刻印

観覧車の見える公園で待ち合わせ、なんて中学生のデートみたいな誘いだな、と三角は思う。ベンチに座って待つ三角に気づき、愛想なく手をあげた半澤の、今日のネクタイはヒョウ柄で、澄んだ秋の青空には、まったくもって似つかわしくなかった。

「呼び出してわりぃな」

煩わしそうに陽光を避ける姿は、棺桶から這い出した吸血鬼のようだ。あまり寝ていないのか、目の下には濃いクマが浮かんでいて、疲労の深さが見てとれる。

「こちらこそすみません、お忙しいのに」

「ヒウラエリカについて照会してみた。全国に十数人、同姓同名の女性がいたが、前科のある者はなし。バラバラ殺人の被害者とも誰ひとり接点はなかった」

「そう……ですか」

「やっぱりそんな女は実在しないんじゃないか？」

その中に高校生はいたか、と聞こうとしてやめる。

雑居ビルに現れた彼女こそヒウラエリカなのだろう、と予想はついていたけれど、彼女がどの程度自覚的に事件に関わっているかは見当もつかない。もし誰かに利用されているだけだとしたら。あるいは彼女も被害者のうちだったとしたら。証拠もないのに半澤に伝えるのは気が引けた。ただでさえ仕事に追われている半澤に、よけいな労力をかけさせることにもなりかねない。

物事に必ずしも因果はない。呪いとは理不尽であればあるほど効く――それを知った今の三角には、簡単に彼女を〝容疑者〟にすることはためらわれた。

がっかりしている、と思われたのか、半澤は「まあ気にすんなよ。空振りなんてよくあることだ」とさらりと言う。

「それより体は？　もうなんともないのか」

「あ、はい。お騒がせしました」

「冷川に巻き込まれて坊ちゃんも大変だな」

三角はかぶりを振った。

「助手として働こうと決めたのは俺なので。でも……あの人、なに考えてんだか、わかんないから」

陰惨な場所に連れていかれるより、怖い思いをして気絶するより、もしかしたら自分はそれがいちばんつらいのかもしれないと三角は思った。

あれ以来、冷川は一人で考え込んでいることが多い。どうしたのか、と聞いても、いつもの笑みを浮かべて、なんでもないですよ、としか言わない。ただ、あの場所には一人で近づくな、と強く念を押された。役立たずと思われたのだろうか、と少し不安になる。せっかく能力があっても生かせないのでは意味がない。できることはやりたいから、調べものくらいは。と申し出ても、あまり関わってほしくなさそうに言葉を濁すだけだった。

怖い、いやだ、とどれだけ強く拒絶したって、そうと決めれば巻き込むくせに。三角の内側に、許可もなしにずかずかと踏み込むくせに。

三角から立ち入ろうとすると、やんわりかわす。決して彼の内側を、覗かせてはくれない。

「あいつもいろいろ……難しいっつーかな。変わった奴ではあるから」

半澤は頭をかいた。

「まあ、どれだけ変わってても、まっとうに働く気がありゃそれで十分なんだけどな。道を踏み外したって、いい出会いさえありゃ人生いつでもやり直し利くし。あ、お縄になんのも出会いの一つね。更生のチャンスだろ」

「刑事さんみたいなこと言いますね」

「刑事なんだよ。……坊ちゃんがあいつにとってそういう出会いになりゃいいとは思ったんだけどな。いつになく懐いてるし」

「懐いてる？」

嘘だ、と否定をこめて聞き返す。

助手としては重宝しているかもしれないけれど――いや、それさえ最近ではよくわからないけれど――三角に気を許しているようには見えない。

「そういう奴なんだよ」

と、半澤は鼻で笑った。

「懐き方も、知らねえんだ」

「……はあ」

「でもま、呑まれるなよ。あいつがマトモな奴だって、俺には断言してやれねえ」

労わりと、鋭さと、両方の入り混じった声で、半澤は言った。

「運命、って言われたんだってな」

「……ええ、まあ」

「こないだのきみらを見ていて、間になにかしらの共感があるんだろうってのはわかった。それがなんだか、俺には知ったこっちゃねえ。だが、共感ってのは要するに、引っ張られるってことだからな。それは、けっこう、危険なことだ」

なんと答えるべきか言葉を探しあぐねていると、ぶるっと半澤の背広のポケットが震えた。

「……呼び出しだ。まあ、また何かわかったら連絡するよ」

「あ、はい。ありがとうございました」

心配してくれたのだ、とわかって三角は常より少しだけ深く頭を下げる。何もわからなかった、というだけなら電話で済む。本当に言いたかったのは、冷川についての忠告だったのだろう。自分も巻きこんでいる一人だ、という罪悪感もあるのかもしれない。

小さくなっていく半澤のくたびれたうしろ姿を見送りながら、かっこいいなあ、と思った。あの人には、自分がやるべきことが見えている。人の話を聞いていないようで、まわりに繊細に気を配っている。そうでなければ務まらない仕事なのだろう。

——俺は、どうなんだろう。

力を役立てる場所を見つけて、嬉しかった。でも、これ以上踏み込む覚悟があるだろうか。この仕事にも、そして……冷川にも。

半澤がいなくなってしまってからも、三角は動く気になれず、ぼんやり空を見上げていた。いい、天気だ。今日は、冷川の事務所に行く日ではないし、書店のシフトも入っていない。絶好の休日日和なのに、遊びに行く気にも家に帰る気にもなれなかった。こういうとき、以前だったらどうしていたっけ、と首を傾げる。たまっていた本を読んで、あるいは映画館で目についたものを観て、それだけで十分だった。一人でも、満足だった。けれど今は、無性に、さみしい。

──そうだ、俺はさみしいんだ。

冷川との距離が、遠いことが、つらいのではなく。事件のことも、彼のことも、あれこれ考えているだけでどこにも進めない自分にも、やるせなくなる。

ざあっ、と強い風が吹き抜けた。

砂埃が舞って、思わず目をつむる。

こすりながら目を開けたとき、右肩に何かが、いや、誰かが触れた。ぞっと背筋に、悪寒に似た何かが走る。視界に映すより先に、そこに誰がいるかわかった。

「……きみ、は」

ヒウラエリカ。

二度の残像で出会った彼女が、いま、三角の目の前に。

「あなたは、誰?」

雑居ビルで聞いた太い声とはちがう、静かな音色のような声だった。

ヒウラエリカが、三角の肩に触れ、そして腕をつかむ。

冷川がいつもそうするように、内側に侵入しようとして、深く、強く。

次の瞬間、足の裏に、泥を踏むやわらかい感触があった。足首まで水に突っ込んでいるせいで、靴下とズボンの裾が張りついていて、気持ちが悪い。

そこは、あの、土手に囲まれた用水路だった。

——どうして。

目の前で、ヒウラエリカもまた用水路に足をつっこみ、仁王立ちして三角を見ている。彼女の見せている幻、なのだろうか。けれどそれにしては、足元を濡らす感触が生々しい。

困惑していると、きゃあっ、と子供の甲高い声が聞こえた。

はしゃいでいるのか、恐怖に慄いているのか。その声が響いたとたん、土手の上に立ち尽くしていたランドセルを背負った少年が、弾かれたように踵をかえすのが見えた。

——あれは、俺だ。

怯えをふりはらうように走る、うしろ姿。

このあいだ、倒れたときに見たのと同じ。いつもそうだ。最初は土手の上にいて、最後は逃げる自分の背中に、お前のせいだと糾弾する声をぶつける。

——ああ。

叫びだしそうになったそのとき。

不意に、自分の身体が自分のものでなくなったような違和感に襲われた。三角を見つめていたヒウラエリカに、驚愕の表情が浮かぶ。見開かれたその目に映っているのは自分ではなく。

——冷川さん。

腰に感電したような痛みが走り、身体をよじった拍子にヒウラエリカの手が離れた。そこは、公園のベンチだった。心臓の早鳴りをおさえこもうと、荒い呼吸をくりかえす三角に、ヒウラエリカが戸惑いの声をあげる。

「あなた、……誰かに縛られてる」

聞き返す余裕は、なかった。身体を折って喘ぐ三角の前に、ヒウラエリカはしゃがみこむと、困ったような、焦ったような、でもどこかおもしろがるような歪みを、唇に載せた。

「見つかるとやばそうだから、またね」

ちょっと待って。

そう言って、引き留めたつもりが、のばした手は宙に空振り、言葉にならないうめきが宙に浮く。バランスをくずして、朦朧とした意識のまま、三角は地面に崩れ落ちる。かたい土の上で膝を打って、痺れるような衝撃が全身に走った。

――なんか俺、最近、倒れてばっか……。

情けない、と思ったけれど、どんなに歯を食いしばって耐えようとしても、意識が奪われていく感覚には抗えない。ただ、すべてを手放してしまう寸前、頭の上が陰り、誰かが覗きこんでいるのがわかった。……ヒウラエリカ。戻ってきたのか。俺はきみに、聞きたいことが。

けれど言葉にはならず、かすかに震える唇から、ひゅうっと息が漏れる。

「……簡単に人を入れたら、だめですよ」

咎めるような、拗ねるような声が、頭上から降ってくる。それが三角の覚えている最後だった。

そうして三角はまた、あの場所に戻ってきた。

今度は用水路の中じゃない。見おろす土手の上。背中にはずっしりと重たいランドセルの感触がある。ヒウラエリカもいない。いやだ、と歯を食いしばる。いったい何度、同じ夢を見ればいいのだろう。結末はいつも同じ。どんなに願っても、その先に起きることを止められない。だったら起きる前に逃げ出してしまいたいと思うのに、三角の足はセメントでかためられたみたいに微動だにしない。

用水路を覆う高架下の陰に、薄汚れた——明らかによくないものだとわかる男が、立っている。

——俺のせいじゃない。

だって三角は、止めたのだ。クラスメートの大輔が、探検しにいこうと言ったとき。危ないよ。やめたほうがいいよ。変なおじさんがいるから。ちゃんとそう、忠告した。

必死だった。大輔たちを、守りたいだけだった。それを暴力ではねのけたのは、他でもない、大輔たちだ。

「なんだよおじさんって、誰もいないじゃん」

「またかよ、お前。キモイんだよ。こっち来んな」

「幽霊なんているわけねえだろ。嘘つくんじゃねえよ」

その頃にはときどき、自分の見えているものが他の人には見えていないことがある、と知ってはいたけど、判別するすべを三角はもっていなかった。気味悪がられて、初めてわかる。でも、大輔と、取り巻きの二人に小突かれながら、またやってしまった、と後悔しても遅いのだった。

「う、嘘じゃないよ。ほんとにあそこに……」

震えながらのばした指先を、大輔は乱暴に払いのけた。

「うぜーんだよ、消えろ」

「今度嘘ついたらぶっ殺すからな」

そう言って大輔は、思いきり三角の腰を蹴った。

蹴られるよりも、信じてもらえないほうが痛かった。大輔たちは、それ以上何も言えずに立ちすくむ三角をおいて土手を駆け降りていった。三角に見せつける意図もあったのだろう。ランドセルをふりまわして、必要以上にはしゃぎながら、芝の上に放り投げた。雨上がりで増水した用水路に、流されてきたゴミを蹴飛ばしたり投げたりしながら、興奮した様子で踏み入っていく。

ちょうど、先ほど、三角がヒウラエリカとともに立っていた場所に。

三角は、見守ることしかできない。

高架下の男に、大輔が無防備に近づいていくのを。

そして。

「誰か！　誰か助けて！」

「人が流された――！」

叫喚が、あがる。

一瞬の出来事だった。

流された、と彼らが叫んだのは、そうとしか表現しようがなかったからだろう。ぴちゃん、と水が小さく跳ねたかと思うと、大輔は何かに足を引っ張られるようにして、引きずり込まれた。

そしてそのまま、消えた。あの薄汚れた男とともに。

――消えろ。

――ぶっ殺すからな。

それは、悪意と断ずるのも躊躇われるくらい、子供じみた率直さだった。もしあれが呪いとして彼らに跳ね返ったのだとしたら、三角はどうなるのだろう。危ないよ、行かない方がいいよ。お願い、僕の言うことを聞いて。そうハラハラしながら見守っていた心の裏側で、ひっそり、こっそり、おまえらが死んじゃえよ、と一瞬でも思ってしまった三角は。

三角は逃げた。怖くなって、逃げ出した。

——俺のせいだ。

誰かと深く関わったらおそろしいことが起きる、という不安は、思えばあそこから始まったのかもしれない。

目を覚ますと、またもソファに寝かされていた。けれど三角は、一人だった。

冷川が見つけて運んでくれたのだろうか。部屋には誰の気配もなく、おおい、と一応声をあげてみるものの、反応はない。のろのろと起きあがり、洗面所で顔を洗う。鏡に映っていたのは、冴えない青年の顔だった。俺も人のこと言えないな、なんかすごいクマできてんじゃん。と、目の下を指で撫でる。こうも頻繁に倒れていては、仕方ないのかもしれない。廃墟でツギハギの遺体を見てからというもの、頭の片隅にあの痛ましさがこびりついていて、うまく眠れないことも多かった。

そういえば、あの腰の痛みはなんだったのだろう、とシャツをめくって肌に触れてみる。つるりとして、特に怪我をしている様子はないのに、いまだ違和感が熱をもって残っている。何の気もなしに、三角は腰を鏡に映した。

——なんだ、これ。

腰に、逆三角形の浅黒い痣が刻印されているのを知る。

以前の三角だったら、どこかでぶつけたかな、と思うに留めただろう。けれど今は、その形の意味するところが、自分の名前だけではないと、知っている。それに、ヒウラエリカの言葉が、耳の奥に残っている。

——あなた、……誰かに縛られてる。

どういう意味かは、わからない。けれどもしこの痣が誰かにつけられたもので、そのせいで三角の身体に異変が起きているのだとしたら。

成せるのは一人しかいなかった。

でも、なぜ。いったい、なんの目的で。

かたん、と音がして誰かが事務所に入ってきた気配がした。

「ああ、起きましたか」

洗面所を出ると、茶色い紙袋を手にした冷川が立っていた。

「公園で倒れてたから、連れて帰ってきたんですよ。今日は一人だから大変でした。車もないですし」

「……それは、どうも」

「コーヒー、飲みますか？　このあいだ半澤さんが買ってきたとき、きみ喜んでいたでしょう。そういうものかと思って、同じものをいま」

「俺に何をしたんですか」

紙袋からとりだしたコーヒーを、デスクに置く冷川を、三角はにこりともせずに見据える。できるだけ声を荒らげないようにしながら、けれど逃げられないように、一言一言、念を押すようにゆっくりと聞く。

「冷川さん、俺に何かしましたよね。この印は、何なんですか」

めくりあげたシャツの下、痣のある腰を示す。

不思議なほどに、三角は落ち着いていた。本当に怒りを感じているときは、そういうものなのかもしれない。ふつふつと、腹の底が煮えている気がするのに、吐き出される言葉は、妙に冷たい。

冷川は動揺した様子もなく、ああ、と頷いた。そんなのは大したことではない、というように。

「きみの魂はどうもオープンすぎるから。他の誰かに入られないよう、契約を結んだんですよ」

「けいやく」

「きみは僕のものです。僕が見つけたんですから。さっきみたいに、他の人を簡単に受け入れてもらっては、困ります」

思い当たるのは一つだけだった。

初めて仕事をした帰り、サインを、と言われた焼肉屋。確かにあのときも妙な目眩がした。……あのときから？　三角は冷川に、縛られていた？

ぞっとする。

あんなふうに自然に、穏やかな笑みを浮かべながら、三角を自分の好きにしようとしていたのか。

「俺、は、誰のものでも……」

こみあげる感情が、怒りなのか落胆なのか、わからなかった。

助手の仕事を引き受けたのは、ただ、冷川に惹かれたからだ。一緒にいれば怖くない。その言葉を信じてみたくなった。冷川自身が、なんだかおそろしい人のような気もしたけれど、仕事先に同行するうち、悪い人じゃないと思うようになった。空気は読めないし、人の話も聞かないけれど、でも、自分の力を人のために役立てる、そのためなら背中を預けられる相手なのだと。それなのに。

黙って、三角を支配しようとしていた。悪びれもせず。

自分のものにして、縛りつける。それは操るのと、なにが違うのか。人知れず呪いの発動する装置を作った人たちと、いったいなにが。

「そんなことより、いいことに気がついたんですよ」

三角の問いかけなんてどうでもいいというように、冷川はわずかに浮ついた声をあげた。半澤から送られてきた、空き店舗の外観写真と間取り図をデスクの上に並べて、三角に示す。

「これは、とてもよくできた装置ですよ。負のエネルギーを持った人間を引き寄せ、穢れを吸いこんで貯めておく。しかもあの雑居ビルを中心に、影響を受けた他店舗までもが対象となっているらしい。人をバラバラにして繋ぐよりも効率がいいし、危険が少ない。まさに貯金箱ですね」

いつになく饒舌で機嫌のいい冷川は、三角が黙ったことにも気づかず、続ける。

「僕も作ろうと思っていたんです、ああいうものを。でも、まだ実行には移せていなかった。同じ発想の人がいたとは驚きです」

「え、……ちょっと待って。作るって」

聞き捨てならない、と三角は口をはさんだ。

「あれは悪いものでしょう？　俺には、毒を溜めておくダムみたいに見えました。そんなのに、呪い以外の使い道があるんですか」

「まあそうですね。基本的には呪うために使うものでしょう」

「だったら」

「僕が考えているのは、今は清掃業だけどその前段階もできないかなっていうことです。汚して、片づける。どうせなら両方ができたら一番いいと思いません？」

すうっと、頭のてっぺんからつま先にかけて、全身が冷えていくのを三角は感じた。

「……マッチポンプ、ってことですか、それ」

「まっち……ごめんなさい、どういう意味ですか？」

「要するに、あなたが言っていることは、呪いをかけてそれを解いてやることで金儲けする。そういうことですか」

「ええ、そうですよ。だってそのほうが経済的でしょう？」

くらくらする。

話についていけない。

三角は額に手をあて、荒い息を吐いた。——何を、言っているんだ、この人は。

「まさかとは思いますけど。これまでヒウラエリカを放置してきたのも、商売に繋がるからだったんですか？　金儲けのために、利用しようとして……？」

そこで初めて、冷川は三角の様子がおかしいことに気づいたようだった。怪訝そうに、眉を顰《ひそ》める。

「どうしたんですか、三角くん」

「あなたには！」

衝動的に叫んで、声がかすれた。驚いたように、冷川は目をしばたたく。その、あまりの邪気のなさに、三角は怒るよりも悲しくなってしまう。

「あなたには、黒い影にしか見えていなかったかもしれないけど、俺にはいつもあの人たちはちゃんと人間の姿をして見えていたんです」

「……知っていますよ？」

「みんな見るからに様子が変だったし、怖くて近づきたくもなかった。だからいつも逃げてた。でも」

生きている人と同じなのは姿かたちだけではなくて。

彼らはみんな、かつて本当に生きていたのだということを、他でもない冷川が教えてくれたんじゃなかったのか。

「三角くん……きみはいったい、なにを怒って」

「そんな人たちを経済的とか言って、商売に利用するんですか、あなたは。俺のことも勝手に変な契約で縛りつけて、都合のいい道具だと思ってたのかよ!?」

はじめて、冷川が戸惑ったような顔を見せた。それは、隙、と言ってもよかった。

三角は大股で距離をつめ、冷川の腕をぐいとつかんで、自分の胸に触れさせようと引っ張った。

「三角くん、きみ初めて自分から……」

「見せろよ、あんたのなか」

「ぼく?」

「いっつも俺ばっかり覗かれるなんて、フェアじゃない。あんた……本当はどんな人間なんだよ!?」

「どんな、人間……?」

冷川の瞳から、一切の感情が失せた、ような気がした。

「きみにはいつだって、僕の核心を見てもらってかまわない。……でも」

怯んだ三角の手からわずかに力が抜けると、冷川はみずから手を広げ、三角の胸に押し当てた。

「僕がどんな人間かなんて、そんなの僕にだってわからない」

冷川の声が空虚に響いた次の刹那、三角は暗闇に投げ出される。

暗い室内に、三角はぽつんと一人立っていた。

誰かが、歌を口ずさむのが聞こえる。でたらめなメロディを、気の赴くままに、調子はずれに。小さな女の子、がいるのかと思ってふりむくと、部屋の隅に白いシャツを着た少年が膝をかかえて座っていた。歌いながら、青い万華鏡を床に転がし、遊んでいる。雑に扱っているつもりはないようで、むしろ使い方を模索しているようにも見えた。けれど、やはり覗きこむのが一番だと思ったのか、片目に押し当て、くるくるまわす。あはっ、と笑って、今度は逆側にまわしてみる。飽きもせず、少年は食い入るように万華鏡を覗き続けた。その邪気のない横顔に、よく知っている誰かが重なった。

少年が、歌うのをやめて、万華鏡をおろす。

そして部屋に、三角がいることに気づく。笑ってはいるが、どこか虚ろで、三角を見ているようで、なにも映してはいない。

空間が、軋む。万華鏡のように、割れて。くるくると、立っている三角ごとまわりはじめ、三角は声にならない悲鳴をあげた。そして。


一気に暗闇が弾けとび、事務所で三角は冷川と向き合っていた。

冷川は、胸に押し当てていた手を離すと、三角の頬を両手で挟んだ。鼻先がくっつきそうなくらい近づいて、あの少年と同じまなざしを三角に向ける。

「何か、見えた？」

瞬きすることさえ許されない、静かな気迫で。

「見えて、それで、きみは僕のことが何かわかるのかな」

問う。

けれど答えを求めていないことくらい、三角にもわかった。

「わか、……っても、わかんなくても、そんなの」

それ以上、言葉が続かなかった。

冷川は、きょとんとしている。三角が何に怒り、何を伝えようとしているのか、彼にはちっとも、わからないから。

「……もういいです」

冷川の手を振り払い、三角はすいと背を向けた。ソファの横にぞんざいに置かれていたショルダーバッグを手にとり、肩に下げる。

一度だけ、事務所をぐるりと見まわした。居心地よくなってきたところだったのにな、と残念に思うより、一刻も早く立ち去りたい、という気持ちのほうが先立った。

「お世話になりました」

頭をさげて、足早に部屋を出る。冷川がどんな表情を浮かべているのか、なんて知りたくもなかったから、目線は床にだけ落として。

——わかるか、わからないか、じゃない。

三角は、知りたかった。冷川がどういう人間で、何を想って生きているのか。どういう未来を思い描いて、三角に声をかけたのか。

ただ、知りたかった。……それだけだったのに。

＊

「探してた人には会えたんですか」

運転する男に聞かれ、英莉可はまあねとぞんざいに答えた。

右手に電流が走ったみたいに痺れていて、小刻みに震えていることは知られたくなかった。何があったのか追及されるのも、めんどくさい。

別に、怖がっているわけではなかった。ただ、眼鏡の彼を縛りつけているものが、許しを得ずに中に入り込もうとした英莉可に罰をくだした。それだけだ。

「それにしてもずいぶん、早かったですね。五分といなかったでしょう」

「……なんか、危ないのが近くにいたから」

「危ない？」

「いいの。逆木《さかき》さんにどうこうできることじゃないから」

興味がない、わけじゃなかった。

あのまま、二人ともと対峙してみてもよかった。だけど、あれほど彼に執着し、嫉妬深く専有しようとする男が、英莉可にどんな敵意を向けてるか、想像もつかない。

眼鏡の彼は力の使い道をあまり知らないようだけど、だから現場に残像や気配を残してしまうのだろうけれど、もう一人のほうは心得が深そうだった。だとしたら、前準備もなく遭遇するのは、とても危険だ。

――あの雑居ビルも、壊されちゃうのかな。

それは、まずい。

あの人に、何を言われるかわからない。

なんとかしなきゃ、と英莉可は窓の外に目をやると、見覚えのあるクラスメートたちがクレープを食べながら歩いているのが見えた。

女子高生だなあ、と思う。あの子たちは、呪いを強くするために食事制限を強いられたり、能力を失うから男とつきあったりするなと命令されたり、そんな窮屈さとは無縁に、今を楽しく生きているのだろう。

羨ましい、と思う気持ちも、なんで私ばっかり、と理不尽に憤る気持ちも、すでになかった。そんなふうに感情を揺らすのは、疲れる。自分の置かれた環境と、していることを考えれば考えるほど、傷ついてしまうし、怖くもなってしまう。

——あんなふうに縛られて、いやじゃないのかな。

他人に興味をもったのは久しぶりだった。それ自体もとても危ういことだと、わかっていたけれど。でも、どこまで知られているのか、何が目的なのかは、探らなきゃいけない。これ以上、邪魔されないために。

大丈夫。すぐに探せる。においは、なんとなく覚えたから。

近いうちにまた彼らに会う。

それは予感ではなく、確信だった。

第五話　信じる人

話したいことがある、と半澤に電話をすると、時間があるなら神奈川県警に寄ってくれ、と言われた。会議が立て込んでいて、なかなか外に出られないらしい。

「女子高生？」

人通りは多いが誰も立ち止まらない、忙しない廊下を、三角も半澤と肩を並べて早足で歩く。自然と早口になりながら、半澤が帰ったあとに現れた彼女について話す。

「なんでそれがヒウラエリカだってわかるんだ」

「それは……あの神隠しの店で、見たから」

「誰もいなかったじゃねえか」

「いや、残像っていうか……まあいいです。とにかく、たぶん、あれがヒウラエリカで間違いないと思います」

廊下のつきあたりに、休憩所とおぼしき何種類もの自販機が置かれた場所があった。飲み物だけでなく、袋入りのパンや菓子、カップ麺などが売られている。署内で夜を徹することが日常なのだということが見てとれる。半澤の買ってくれた缶コーヒーのプルタブを開け、置かれたソファに三角は腰をおろした。半澤は立ったまま、栄養ドリンクを一気飲みする。

「冷川は？　あいつはなんて言ってるんだ」

「さあ。俺、事務所やめましたから」

あっさりと聞こえるよう気をつけたつもりで、かえってわだかまりが残っていることを知らしめるような、拗ねた口調になってしまう。へえ、とドリンクの瓶を捨てて、半澤が三角の隣に座る。

「それでか。こないだ事務所寄ったとき、すげえつまんなそうにしてたわ」

「え？」

「書類を丸めてこう、ゴミ箱に向かって投げ続けててな。しかも全然入んねえの」

ふてくされた子供みたいだ、と思って、冷川の内側で見たあの少年の姿と重なる。あれは、冷川だったのだろうか。閉じ込められていたようにも見えたけれど、いったいどんな幼少期を送っていたというのか。

好奇心が走り出しそうになり、いやいや、と三角は首を振る。もう関わらないと決めた。せめて最後に、自分の知っていることを話しておこうと、半澤に会いにきた。
それだけだ。

けれどどこかで、半澤に聞いてほしい気持ちがあったことも確かだった。なにがあった、と聞かれ、三角はほっとしてしまう。

「……あの人があまりに、人を軽く扱うから」

懐き方を知らない、と言った。子供の頃からの腐れ縁だという半澤なら、なぜ冷川がああなのかも、知っているのだろうか。

まいったね、と半澤は頭をかいた。

「俺は今まで数えきれねえほど凄惨な事件現場をみてきた。中でも忘れられねえのが、十五年前、掌光会って宗教法人の施設内で起きた事件だ」

「……宗教」

「近所から異臭がするって通報があってな、行ってみたらまあ、そこらじゅうが死体だらけなわけよ。銃でも乱射したっていうならわかるが、何十もの人間が黙って一人にやられるはずがないから、たぶん、全員で殺しあったんだな」

「……たぶん、って」

「真相を知りようがないんだ。生存者はたった一人、厨房の奥に隠れていたガキだけ。それも、事件発生時の記憶を失っていた」

まさか、と三角は身を乗り出す。

半澤は、悲しげな笑みを浮かべた。

「まだ十歳にも満たない男の子だったが、近隣住民の話によれば、そいつこそが教祖だった。大掌様、って呼ばれてめったに人前には姿を現さなかったらしい」

「教祖……」

「なんでも、不思議な力をもっていて、信者の病気なんかを治してたりしていたそうだ」

それが冷川理人だよ、と半澤は、静かに言った。

「冷川の母親は息子を神の子と呼び、俗世間から隔離して施設内だけで育てた。まともな教育はほぼ受けてない。だからあいつ、ときどき言葉遣いとか、変だろ。知らないんだよ。俺たちがふつうに覚えるようなことをな。だから……」

善悪の基準がわからない。

命の重さにも、実感がない。

「記憶を失ってたってことは……殺しあうのを目撃したってことですか」

「たぶんな。しかも被害者の中にはあいつの母親もいた」

息を呑む。

ひどい、とも、かわいそう、とも言えなかった。ただ、どこか遠くにいるように感じた冷川の横顔を、万華鏡を覗いていた少年と交互に、思い出す。

「言ったろ。あいつがまともだとは断言してやれねえって」

「……です、ね」

全部、終わりにするつもりだった。

冷川は三角の手に負える相手ではないと思ったから。今の話を聞けば、なおさらだ。けれど同時に、用水路の夢が頭の片隅をよぎる。蹴られても、罵られても、しがみついてでも止めなかった自分。男とともに川に呑まれた大輔を、探そうともせず、大人たちを呼ぼうともせず、その場から走り去ることを選んでしまった自分。

また置き去りにするのか。と、子供の三角の声がする。

「……俺はいつも、怖くなって逃げるほうを選ぶんです。人と深く関わると、なにかとてもおそろしいことが起きてしまう気がして」

好きになってくれた人のことも、それで傷つけた。好意を隠すこともせずに近づいて、いざ踏み込まれそうになったら、怖くなって逃げだした。そして今、ようやく見つけた気がした、自分の居場所のような存在にも、背を向けようとしている。

「今度はそうしたくないって、思っていたはずなのに」

缶を両手で握りしめる三角に、半澤がいつものように、どこか力の抜けた声をかけた。

「そんなに背負うなよ。悪いことが起きるったって、別に坊ちゃんのせいじゃない。運ですらねえ確率だよ」

「でも」

「それに最悪が起こっても、人間なんとか生きていけるもんだ。もちろん平和がいちばんだがな」

現に冷川は生きている。三角も、そして半澤も。

「あ、半澤さん。ここにいたんすか。始めますよ」

「ああ。……ヒウラエリカのことはもう一度調べておく。確か、照会した結果のなかに十代もいたはずだ。女子高生にあんな事件を起こせるとは思えねえが、そこまで言うなら何かあるんだろう」

「……よろしくお願いします」

「冷川のことはまあ、あんまり気にしないこった。救おうと思って差し出した手が、役に立たないことはある。でもそんなのは、差し出したヤツのせいじゃない」

半澤も、冷川に手を振り払われたことがあるのだろうか。

気になったが、聞けなかった。空き缶を捨てて、三角は黙って外に出た。

*

呼びにきた後輩の内村《うちむら》とともに、半澤はホワイトボードを睨みつける。

空き店舗を所有する不動産会社の母体は指定暴力団の陣代組。組織犯罪対策本部――通称マル暴もマークしている相手だということは調べでわかっていたが、ここへきて代議士の日向利治《ひゅうがとしはる》とも親交があると発覚した。

日向は、与党でもある自由恒久党の副幹事長で、農林水産大臣の政務官をつとめた経験もある、まごうことなき大物政治家だ。一気にきな臭くなってきた、とさらに調べを進めてみると、関係者がことごとく不審死を遂げていることがわかったのだ。

正確には、すべて疑いようのない病死や事故死、あるいは自殺の判定が出ている。

だが、それこそが、不審だった。

「これ、ほんとに事件性ないんですかね」

内村が、疑いに満ちたつぶやきをもらす。

無理もなかった。

敵対していた衆議院議員は心不全。日向と金銭のやりとりがあった政治記者は転落死。不正献金の疑いがあった建設会社社長は自殺とみられ、脱税に関わっていたとされる税理士は溺死。いちばん新しいのが日向相手に訴訟を起こしていた弁護士で、トラックによる轢死。そんなのが全部で八件もあるのだ。

「一年で、こんなに都合よく人が死ぬもんですかね」

「しかし、目撃証言や状況証拠は全部、事故や自殺を裏づけるものばかりだ。……事件性があると証明するのは、難しいかもな」

いよいよ冷川の得意分野になってきたな、と半澤は思う。

しかし彼も、空き店舗の背後にあるものはつかみきれていないようだった。三角のうなだれた姿を思い出し、どうしたもんかな、と思案にふける。もともと冷川に頼るのは、何かわかれば儲けもん、くらいのことで、心底あてにしているわけではない。あてにしたら終いだ、とも思っている。

それよりも、三角に伝えたように、冷川を監視するほうが目的で、ここ数年、定点観測を続けてきた体感から、三角の存在が彼にいい影響を与えているのは明らかだったから、少しは放っておいてもいいかとすら思っていたのだ。

「人を軽く扱う、ね」

「え？　なんですか」

「いやこっちの話」

初めて情報を持ち込んできたときのことを思いだす。

——きのう女の子がさらわれましたよね。死体の場所を知ってるんですけど、いくらで買ってくれます？

冷川は、そう言ったのだった。半澤の胸元くらいまでしか背丈のなかった少年が、半澤をみおろすほどに成長していた。それを喜ばしく思う間もなく、半澤はぴくりと頬をひきつらせた。

——人の命をいくらで買うかだと？

あのときの憤りと似たものを、三角は抱いたのかもしれない。それで彼は、冷川のもとを去った。しかたない。三角には彼を見守る義理も責任もないのだから。そもそも半澤にだって、あるわけじゃない。終わった事件には深く関わらないと決めている刑事は少なくない。被害者や、加害者家族。一つの事件が生み出す苦しみの連鎖はとめどなく、たかが刑事一人がどうにかできることではないからだ。でも、半澤はできるだけ、手を差し伸べたかった。自分が誰かの人生を大きく変えられるほど大した存在じゃないのはわかっていたが、三角にも言った、〝出会い〟のきっかけくらいにはなればいい、それくらいならなれるかもしれない、と思っていたし、犯罪の種が芽吹く前に摘みとれるなら、それに越したことはなかった。

とくに冷川は、危ういから。

いつまた道を踏み外すかわからない。彼がそういう資質をもっているから、というよりも、生まれや育ちのせいで彼の心は、あまりに俗世とかけ離れているから。

「どん詰まりっすね。……半澤さん、今日は帰ってください。もう何日も泊まり込んでるでしょう。奥さん、心配してるんじゃないっすか」

「いつものことだよ」

「でも、いったん帰って休んでください。長丁場になりそうだから、肝心なときに倒れられても困ります」

生意気を言うな、と口をへの字に曲げると、内村は軽快に笑った。彼なりの心遣いだとわかったから、素直に従うことにした。

妻の冴子《さえこ》に、いったん帰る、とメールだけ入れて、半澤は家路についた。夜道に車を走らせながら、ふと、十五年前の記憶を探る。忘れたことはない、が、ふだんから思い出したいことでもなかった。

あれほど猟奇的な現場にいあわせたのは、後にも先にもない。異臭が漂っている、という近隣住民の通報で駆けつけてみれば、あたり一面、血の海だった。ナイフやハサミ、ゴルフクラブなど、凶器となりそうなあらゆるものを握りしめた老若男女が、全身から血を流して、折り重なるようにして倒れていた。半澤が何より胸糞悪いと思ったのは、苦悶の表情を浮かべて息絶えている者ばかりではなく、恍惚とした笑みを残して動かなくなっている者も少なくなかったことだ。宗教施設で大量死、というと集団自殺も想定されたが、この場合は明らかにそうじゃないことが見てとれた。何らかの理由で、殺しあったのだ。

その中に、冷川理人はいた。

厨房の奥で、身を潜めるようにして、膝を抱えてうずくまっていた。

「あ、おかえりー。お風呂わいてるよー」

家に帰ると、冴子が朗らかに出迎えてくれる。

ああ、と半澤は冷川にも三角にも、同僚にも見せたことのない笑みを浮かべた。

「助かる。先に入る」

「今日ね、宝くじ買ったんだけど、ビビッときたのよね。これ、絶対当たってると思う」

「そうか」

「信じてないでしょ」

「いやいや、信じるよ」

「なによー、適当言っちゃって」

――信じる力です。

少年だった冷川は、取り調べでそう言った。最初は、言葉をうまく紡ぐこともできなかった彼から、供述を引き出すのは苦労した。事件のショックのせいだ、と思っていたが、話しているうちに彼のたどたどしさは、他人とほとんどまともに会話したことのないせいだとわかってきた。かわりに、彼には考える力があった。だから半澤は、根気よく、考えていることを伝える言語を獲得するまで待った。するとあるとき、彼のほうから言ったのだ。信じる力が人を亡ぼすのを、僕はたくさん見てきました、と。

『でも、あなたのは信じない力ですよね。それってすごい』

かすかに興奮したように、冷川は半澤を見た。

『信じないっていう人は別のものを信じているだけで……本当に信じないのはきっとすごく難しいんです。でも、あなたのは本当だ。信じないでいてもらえるって……なんていうのかな。すごくいい感じです』

そう言う冷川は、虐待されて育った子供と同じ目をしている、と半澤は思った。同情する気持ちもなくはなかったが、半澤が彼に向きあっていた一番の理由は、もちろん、事件の真相を知ることで、寄り添いつつも追及の手はゆるめなかった。けれど聞けば聞くほど、冷川の言うことは理解不能になっていった。どれだけ語彙を習得しても、彼の言うことはいつも抽象的で、曖昧で。

『何度聞いても、同じです。僕は苦しくて、壊した。僕があらかじめ、壊されていたから』

ただの被害者ではなく、彼もまた加害者の一人かもしれない、という疑いは、それを聞いてほとんど確信に変わった。けれど、誰がどんな理由で殺戮をはじめ、どうして誰にも止めることができなかったのか、冷川が実際に何をしたのかは、ついぞわからずじまいだった。

だから、解放した。

もういい。お前はこれからの人生をまっとうに生きろ、と。

お前は何をしたいんだ、と聞くと冷川は優美に微笑んだ。何かを越えてしまった者の目だ、と半澤は思った。

『ずっと探してるんです、いつか出会う僕の運命。僕を助けてくれる、僕だけのもの。出会えばきっと一目でわかるはずだから、これからはそれを探します』

そう。あのとき彼は、運命、という言葉を口にしたのだ。

『あなたは僕の運命ではないけれど……あなたみたいな人が一人でもいてくれたらよかったなあとは思うから。あなたはずっと、僕を信じないでいてくださいね』

何年かして、連絡をよこした冷川にすぐさま会いに行こうと思ったのも、監視役を負ってまで彼に依頼を続けているのも、そう言ったときの冷川が、そのときだけはひどく心もとなさそうで、年相応に見えたからかもしれない。

——ああ、信じねえよ。

半澤は、自分のことさえ、信じてはいない。自分を善良な存在だなんて、間違っても思わない。人間はいつでもたやすく悪に転じる、愚かで卑劣で、弱い生き物だ。だから常に疑う。自分のことも、他人のことも、人間そのものをすべて。それでも見えた、真実と思しきものだけを積み重ねて、生きていくしかできないのだから。

でも。

風呂場に向かう途中、台所に立つ冴子を見ながら、半澤はつぶやく。

「……信じるよ。あなたが当たってると思うんなら」

冴子だけは、例外だった。

彼女は半澤の、唯一、信じる人だから。

＊

蠟燭の灯りと細い窓から差し込む自然光のみで照らされた部屋のなかで、一様に紫色の衣をまとった信者たちが、四人一組で密接し円をつくる。立ったり座ったりを繰り返しながら、低く真言を唱える横を、厳かに見回るのが宗教団体〈神話の光〉の教祖──通称、先生だった。

先生は紫の衣だけでなく、金糸の煌びやかな刺繡を施されたマントと、巨大な笠のような七色の帽子をかぶっている。

──趣味、わる。

英莉可は入り口の壁にもたれかかりながら、醒めた目で〝お勤め〟の様子を眺めていた。かつて天帝の色ともいわれた紫をまとうことで高貴な力を手に入れるのだ、なんて側近の誰かが居丈高に演説しているのを聞いたことがあるけれど、形だけのパフォーマンスを繰り返したところで何も身につくはずがない。いや、妄信、という愚かさだけは日に日に増して彼らの身を蝕んでいるか、と内心で毒づく。大仰で、派手で、ダサければダサいほど、なぜか信憑性が増すようで、信者たちが進んでお勤めに励むのが英莉可には理解できない。

——ばかみたい。

でも、なかには衣さえ与えてもらえない信者もいる。力がない、お勤めに参加できるほどの素質もない、と断じられた者たちだ。英莉可の父親が、それだった。かわりに、彼は事務方として先生の役に立とうと奔走している。先生が気になる土地を見つけたといえばその場所に走り、近隣の様子を調べたり登記簿謄本をとりにいったり、入信希望者が現れればその素行調査を行い、厳選して先生に進言したり。衣はなくとも俺は他の信者とは一線を画した信頼を先生から受けているのだ、と虚勢を張る父のことが、英莉可は疎ましくてならなかった。どうせならもっと堂々としていればいいのに、彼が胸を張るのは自分より下だとわかる末端の信者たちの前だけで、先生や側近の前に立つときはいつも背中を丸めて媚びるような笑みを浮かべている。

今も、先生に何事かを囁く父親の、自惚れと卑下がないまぜになった表情を見ているだけで、英莉可の忌々しさは増した。どれだけ必死になったって、あんたたちはみんな、特別な力も実質的な権力もなにひとつ得ることはできない。ただ利用されて捨てられるだけなのに、と。

なんて醜悪なんだろう、と英莉可は背を向けた。みんな、自分だけは特別だと思っている。特別になれると、信じている。勘違いも甚だしかった。特別なのは、先生だけだ。彼の力だけは、まごうことなき本物で、英莉可のそれより強大で。だから、英莉可は逃げ出すこともできずに、ただ、先生の共犯者として見知らぬ他人を呪い続けることしかできない。

「英莉可、待ちなさい」

廊下で、父親に肩をつかまれる。ぞっとして、振りかえることでそれを払う。

「先生の前であんな態度をとるんじゃない。バチが当たるぞ」

血走った目に浮かぶのは、先生への服従心か、それとも娘を案じる親心なのか。どちらにしろ、ろくでもない。英莉可は鼻で笑った。

「バチ？　どんな？」

この教団で、先生にとってもっとも利用価値のある人間は英莉可だ。教団では、力のある者が絶対だった。たとえ父親であろうとも、英莉可を思いどおりにすることなんてできない。そもそも英莉可がいなければ、父は先生に話しかけることさえできなかったはずだ。

わかっているから、父親はそれ以上何も言わず、聞えよがしなため息をついて、その場を去る。

——本当に心配しているなら、こんな場所に娘を置いておくはずがない。ため息をつきたいのは自分のほうだ、と英莉可はうつむく。

その拍子に、ぽたり、と床に黒い液体が落ちた。

鼻の下に生ぬるい感触があって、指でぬぐう。鼻から、黒い血がどろりと流れ出ていた。痛みや目眩の類はない。あたりまえだ。教団施設のなかは、ある意味、いちばん安全な場所だ。やすやすと呪いが入り込むことのないよう先生が仕掛けを施しているはずだし、英莉可も最近は新たに呪いをかけた覚えはない。それなのになぜ、と鼻の下を乱暴にこすって、カーディガンの袖口で拭く。

「お嬢さん、どうかしたんですか」

声をかけてきたのは、逆木だった。

教団内にいるときも、彼は英莉可から一定の距離をとっている。けれど英莉可の異変は決して見逃さない。お母さんみたい、と英莉可は思う。

「別に。なんでもない」

先生と教団の後ろ盾となっている陣代組の構成員である彼が、英莉可の監視役に任命されたのは、彼がいちばん力の作用を受けにくい体質だから、というだけだった。一言でいえば、とても鈍い。目の前で怪奇現象としか言いようのないことが起きても、なんだこれ、と笑って流す図太さがある。英莉可のことも、得体のしれない力を使うガキ、という認識はあるらしいが、だからどうした、と開きなおり、特別扱いはしようとしない。英莉可が逃げだそうとする素振りを見せたり、組や教団に不利益なことをしようとしたりすれば、すぐさま報告するのだろうが、大事でなければ多少のことは見逃してくれる。なんで、と一度聞いたら、ガキに窮屈な思いさせるとかえってろくでもない結果になりますからね、と何かを思い出すように言った。英莉可がこの場所で心を壊さずに済んでいるのは、彼がいてくれるからかもしれなかった。

「行きたいところがあるの」

「でも今日はお父さんと久しぶりに食事って」

「いい。気が失せた」

それよりも、と袖口についた黒い染みを見やる。

たしかに最近、英莉可は呪いをかけていない。けれどそういえば、雑居ビルで力を自動的に使わされたことがあった。ツギハギの遺体を奪われたのを教訓に、あらかじめ仕掛けをしておいたのだ。望まぬ侵入者があった場合、英莉可の〝影〟が作動して、穢れを使って追い払う。いうなれば、セキュリティシステム。けれど、どうやら英莉可が思っていた以上に、あの場に巣食う穢れの力は強く、身体に負担をかけるものらしい。つまりは先生にとってそれだけ利用価値のある場《ポイント》ということで、壊されてはどんな報復が待っているかしれなかった。

人を呪わば穴二つとは、よく言ったものだなと英莉可は思う。呪えば、呪い返される。今はまだ、さらに跳ね返すことで事なきを得ているけれど、できないほど強い力に襲われたとき、英莉可はいったいどうなるのか。

――どうなっても、いっか。

死にたいとか、思っているわけではないけれど。

生きながらえる意味はとうに、見出せなくなっている。

いつものように離れたところに車を止め、逆木を置いて一人で雑居ビルの前に立つ。地面に、白線の跡がうっすら見えた。そうか、ここに結界を張ってから中に入ったのか。と、ビルのなかを見通す。守りの力が、弱まっていた。骨は折れるが、セキュリティを張り直したほうがよさそうだ。

――と。

門扉に手をかけようとしたとき。

「ヒウラエリカさんだね？」

男に、声をかけられた。

名前を呼ばれた衝撃で、反射的にふりかえる。立っていたのは、くたびれたスーツ姿の男だった。だが、笑みを浮かべていても眉間に刻まれたままの皺と、放たれる眼光の鋭さから、堅気ではないことはすぐわかる。

関わらないほうがいい。

直感し、脇をすりぬけようとした英莉可を、けれど男は腕をつかんで止める。

「なんですか？　大声出しますよ」

「どうぞ。おまわりさんならもうここにいる」

右手で英莉可をつかんだまま、慣れた手つきで左手で背広の内ポケットから警察手帳をとりだし、開いて見せる。半澤日路輝《ひろき》。捜査一課。一瞬でその二つを頭のなかに刻みこんで、英莉可は彼を見据えた。

「あ……たし、別に、悪いことしてないですよ」

《なぜ名前を知っている？》

裏に声を忍ばせて、問う。けれど半澤はびくりともせずに、職務質問を続ける。

「ま、そう構えずにさ。少し質問に答えてよ。ここで何してるの？」

「……お店に来たんです。潰れてると思わなくて」

《何をどこまで知ってるか言え》

「前にも来たことあるんだね。近くに住んでるの？」

《言え。……言え！》

半澤は、答えない。

うわっつらの雑談にしか、応じない。こんなことは、初めてだった。聞こえない、はずがないのに。力が効かない。及ばない。

「どうして……」

呆然とする英莉可に、半澤は眉を顰めた。

「ゆっくり話を聞く必要があるかな、こりゃ」

「……放してください」

「そうはいかない。君が本当にヒウラエリカさんだっていうなら、事件に関係してるって話を小耳にはさんでいるからね」

「だ、誰に……」

その返答は、疑惑を肯定しているようなものだった。証拠は摑まれていない、摑めるはずがないのだから、ごまかしてすり抜ければいいだけだ。けれど、目の前の男に、英莉可の力は通じない。無力感とともに恐怖が背筋を這いのぼり、英莉可は狼狽を隠し切れなくなっていく。

「……まいったな。オカルトの類は信じないんだが、ほんとにきみが？」

「信じて、ないの？」

「え？」

「だから効かないの、あなたには」

「何を言って……」

「日路輝さん？」

道の向こうから、女性の声がした。

ボブカットの、細身の女性が不安そうにスマホを手に英莉可と半澤を見ていた。

「どうしたの？　何か問題でも……」

半澤が、振りかえる。

なんでもないよ、と安心させるように少し表情を和らげて。

それを、英莉可は見逃さなかった。

その瞬間。半澤が、……信じるのを。

《お前の妻に呪いをかけた。あの人は、呪われて死ぬ》

ぱっと、再び半澤が英莉可を向いた。聴こえたのだ、とそれでわかった。

女性の全身が、硬直する。

その目からどろりと黒い血が流れ出て、頬を伝う。そのまま虚ろに宙を見上げたかと思うと、女性はすべての力を手放して、膝からがくんと下に落ちた。コンクリートに頭を叩きつけそうになる寸前、駆け寄った半澤が抱き起こす。

「冴子！」

その隙に、英莉可は踵をかえして走り出した。

焦りと恐怖のせいで呼吸が浅くなり、すぐに息切れしてしまう。けれど立ち止まったらすべてが終わる気がして、とにかく前に前にと足を出す。

黒塗りの乗用車が見えたとたん、安堵で泣き出しそうになった。後部ドアに手をかけるも、うまく力が入らない。取っ手に指をかけて引くのに、開かない。ようやく開いたドアの隙間から座席に転がり込むと、英莉可は「行って！」と甲高い声をあげた。

「はやく！　出して！」

どうしたのか、と聞く前に逆木はアクセルを踏んだ。

そうか。こういうときのためにこの男は、車で待機しているのか。何があっても、すぐ逃げ出せるように。

教団に帰る道とは違うけれど、最初の信号で逆木は右折した。そしてしばらくしてから今度は左。バックミラーを覗きながら尾行がついていないか確認し、大丈夫だと悟るとスピードをわずかにダウンさせた。

「何かあったんですか」

ミラー越しに、英莉可をうかがう。

荒い息をくりかえしながら、英莉可は絞り出すように言った。

「……警察が、私の名前を知ってた」

逆木の顔色が変わる。

何か言いたげに口を開くが、英莉可がしゃべれる状態ではないと気づいて、つぐむ。

――名前を知られるっていうのは本当に危険だよ。

いつだったか、先生に言われたことを思いだす。呪いをかける際に英莉可が自分のフルネームを名乗っていると知られたときのことだ。

だってそのほうが、楽に強く呪えるし。

英莉可がそう言うと、先生は嘲笑うように口の端をあげた。

——それはリスクを負ってるからだろう。危ない呪いほど強くなる。危険ってのは霊的な意味だけじゃないよ。社会的にも名前を知られるのは得策じゃない。

だから先生は、側近にさえ名を明かさない。

けれど英莉可は忠告を無視して、いかなるときも名乗り続けた。呪われた相手はどうせ死ぬし、とたかをくくっていた。そのツケが今、まわってきている。

——誰が私を売ったの。

英莉可の名前を知っている人間なんて、そう多くはない。

逆木、のはずがなかった。英莉可が捕まるようなことがあれば彼は消される。父親、がそんなことをしてもなんの得もない。英莉可のおかげで教団で大きな顔をしていられるし、相応の報酬ももらっている。ああでも、得があれば売るかもしれない。英莉可を売ることでもっと大金が手に入るのだとしたら。それとも先生が、これ以上英莉可は不要と判断した？　あるいは、脱会を望む信者の誰かだろうか。数少ない知人の顔が、脳裏をちらついては消える。

——私の味方なんて、どこにもいない。

心臓を、鷲摑みにされたみたいに、苦しい。どす黒い感情がふつふつと煮え立って脈動を速くする。許さない。許さない。許さない。半澤と冴子の顔と名前を思い浮かべ、祈るように両手をぎゅっと握りこむ。

どろり、と。

何かが耳から流れ出るのを感じた。

「お嬢さん⁉」

逆木が叫ぶ。

——ああやっぱりあの場所の穢れを使っちゃだめだった。

憎しみなのか悲しみなのか。混濁した感情が英莉可の内側を蝕んでいく。苦しい。うまく息が吸えない。誰か助けて。——お母さん。

そのまま座席に倒れこみ、英莉可は静かに目を閉じた。その目からもどろりと、黒い血がしたたるのを、もう止めることはできなかった。

第六話　黒い涙

悪いがすぐに来てくれないか、と半澤から電話があったのは、冷川と決別してから一週間が経とうとしていたころだった。半澤の声が上ずっているのをはじめて聞いた三角は、書店に電話を入れて今日は休ませてもらうことにする。よほどの事態だ、ということはつまり彼も呼ばれているだろう。どんな顔をすればいいのか、と戸惑いながら教えられた住所に向かうと、玄関で出迎えてくれたのは冷川だった。

「三角くん、久しぶり」

「……どうも」

最後に会ったときからまるで様子の変わっていない冷川に、気まずさを抱えているのは自分だけのようで、癪に障る。

三角がいなくなってから、どうしていたのだろう。三角と出会う前のように淡々と一人で除霊をこなしていたのだろうか。三角が冷川と出会う前のように淡々と書店の勤務を続けているように。

運命、とか大袈裟なことを言っておいて、いてもいなくても何も変わらないじゃないか。なんて拗ねた想いは、半澤に冴子を紹介されたとたんに吹き飛んだ。ソファに座っている彼女は、焦点の合わない目を宙にうろつかせ、三角に挨拶することはおろか、自分がどこにいるかもわかっていないように見えた。

「きのう、半澤さんはヒウラエリカに会ったそうです。そして呪いをかけられた」

冴子の隣に座り、背中を撫でる半澤にかわり、冷川が説明する。

心労のためか、半澤は十歳くらい一気に老け込んだように見えた。

「かけられた直後は、多少、話ができる状態だったそうですが。病院に連れていく前に、僕たちを呼んだというわけです。まあ、医者には何もできないでしょうけどね」

「なんで……だって半澤さんは信じない人だからどんな力も作用しないはずじゃ」

「信じたんですよ。たとえ一瞬でも、彼ともあろう人が」

冷川の声に、わずかにおもしろがるような色が含まれていることに、三角は気づいていた。たぶん、半澤も。

「そして〝自分が信じたせいで呪いが効いた〟ということを信じないよう、今は必死で抵抗している。だめですよ、半澤さん。あなたはそっち側にいてくれないと」

「……俺はお前が人間らしい心ってもんを手に入れる日を待っているんだがな。諦めるべきか？」

かろうじて口元だけで半澤は笑う。

「で、どうなんだ。お前にどうにかできるものか」

「難しいですね。呪いが強すぎる。むりやり引きはがせば、冴子さん自身の生命が危うくなります」

残念がる様子もなく、同情も見せず、冷川はただ事実だけを口にする。半澤は、そうか、とつぶやいただけだった。

半澤は、上司の昇進祝いをするため、家を訪ねる途中だった。そしてたまたま、あの雑居ビルの近くを車で通りかかったのだという。助手席に冴子を乗せていたし、非番だから、しいて調査をする気はなかった。けれどふと、人通りのない道をひとりで歩く人影に目がとまった。短い黒髪の、高校生くらいの年頃の少女。三角から聞いていたヒウラエリカの容貌に似ていたからだけでなく、その目つきの昏さが半澤には引っかかった。それで、冴子を置いて、あとをつけた。彼女は迷いのない足取りで雑居ビルに向かうと、中に入ろうとした。

俺のせいだ、と三角は思った。中途半端な情報を、半澤に伝えたから。もっとちゃんと、彼女は危険なのだと念を押しておくべきだった。どれだけ半澤が信じない人だったとしても。

「坊ちゃんのせいじゃねえよ」

先回りして、半澤が言う。三角は唇を噛んでうつむいた。何かできることはないのか、と冷川に聞こうとして、冴子の瞳からどろっと黒い血液のようなものが溢れ出るのを見て絶句する。どくどくと流れる血は冴子の眼球を浸し、白目も見えなくなってしまう。幸か不幸か、半澤には血が見えていないようで、急にうめき声をあげた冴子を案じるだけだった。

あなたにもわかるでしょう、というように冷川が三角を見る。

――わかる。

わかってしまう。少なくともこれは三角の手に負えない。

「とりあえず何か解決方法を見つけたら連絡しますので」

と、通りいっぺんの慰めを言い置いて、冷川はあっさりと家を出た。

半澤も、責めるようなことはなかった。半澤は、頼りはするけれど、依存はしない。三角たちに連絡したのは、藁にもすがる思いではあったろうが、どうにもできないからといって、それは三角たちのせいではないし、仕方のないことだと飲みこめる強さがある。飲みこみたくなんて、ないだろうに。

おそらく冴子の趣味なのだろう。無垢材で統一された家具や、やわらかいソファに敷かれた北欧調のシーツ。そこかしこに生けられた花。車中に漂っていたラベンダーの香りと似た、柔らかくてあたたかい香りが染みついている。荒んだ生活になりがちな半澤がせめて帰宅したときだけは心休まるよう設えられたのだろう家に、今は冷え冷えとした空気が流れていた。

「悪かったな、急に呼び出して」

と、三角たちを案ずる半澤に、三角はかぶりを振ることしかできない。また来ます、と頭をさげて部屋を出ると、マンションの下で冷川が待っていた。

こんなときなのに、彼は、三角に会えて少し嬉しそうだった。

いや、どういう顔をすればいいのかわからずに、笑みを浮かべるくらいしかできないのかもしれない。

どちらにせよ、今の三角にはそれを受け止めるだけの心の広さはなく、かといって邪険にする気にもなれず、無言のまま肩を並べて駅まで歩きだした。

かたくなに口をきこうとしない三角を、ちらちらと何度も横目でうかがっていた冷川は、やがて「うーん」と困ったように宙を仰いだあと、言った。

「まだ怒っているんですか?」

どうやら、何も気にしていないわけではなさそうだった。

けれど、いま三角の心にくすぶっているのは、最後に話したときのことではなく、冷川の半澤に対する態度だ。二人の関係なんて、今はどうでもいい。三角の腰には依然として痣が残っているし、冷川のしようとしたことを許したわけではもちろんないが、憔悴しきった半澤と、虚ろに憑かれたような冴子を前にして、そんなのは全部、些末なことだった。なんでそんなこともわからないのだろう、と軽く苛立つ。この人には、善悪の基準だけでなく、思いやりみたいなものも存在しないのか。

——俺はお前が人間らしい心ってもんを手に入れる日を待っているんだがな。

そう、半澤は言った。つまりは半澤が冷川に出会ってからの十五年、その片鱗を感じたことはないということで。だとしたら、三角の感情を慮《おもんぱか》ろうとしているだけでも、大きな進歩なのかもしれない。どうして怒っているのかは理解しなくても、できることなら怒りを解きたいと思っているということだから。

だったらしょうがない、とは思えなかった。半澤から聞いた冷川の過去は、寄り添おうと思ったって、簡単にできるものではない。心が壊れてしまったとしても無理のないことだろう。けれど、同情してその経験を免罪符にしてしまうのは、冷川に対する優しさとはちがう気がした。

三角は、静かに深い息を吐いた。

「諦めるんですか？」

存外に三角の声が穏やかだったからか、冷川が目を丸くした。

「半澤さんとは、長い付き合いなんですよね。なんとかして助けようとは思わないんですか」

「うーん……経験上、人を助けてもあまりいいことはなかったです」

「じゃあ冷川さんは、これまでずっと一人で、自分だけの力で生きてきたと思っているんですか？　誰かに助けられたことは一度もないんですか」

虚を突かれたように、冷川が目をしばたたいた。

僕が助けられたこと？

と、鸚鵡《おうむ》のように反復する冷川に、なぜだかひどくやるせなくなる。

半澤さんはきっと、あなたを折に触れて助けてくれたでしょう。二人がどんなふうに出会い、どんな時間をともにしてきたか、俺にはわからないけれど。そう、声高に言いつのりそうになるのをこらえて、三角は静かに言う。

「俺が言いたいのは、大事な人は大事にしろってことです」

冷川が気づいていないだけできっと、半澤は冷川にとってかけがえのない人のはずだから。

はあ、と冷川が間の抜けた声を出した。

ピンときていないらしいが、腕を組んで首をひねっているところを見ると、考えようとはしているらしい。

——俺だってべつに、えらそうなことは言えないけど。

冷川の淡白さを断罪したいわけではない。人間らしい思いやりをもってほしい、なんて上から目線で訴えたいわけでもない。大事な人を大事にできている保証なんて、三角にだってないのだ。でも。

半澤を見捨てることが、冷川にとっていいことだとは、どうしても思えない。半澤のために動くことは、冷川のためにもなる気がするのだ。理由はうまく、言えないけれど。

とりあえず俺たちにできることを探しませんか。一緒に考えませんか。そう提案しようと口を開きかけたとき。

激しいブレーキ音がして、三角たちの真横で黒塗りの車が急停止した。歩道に上がりこみそうなほど乱暴な運転に驚き思わず足を止めると、運転席から鬼気迫る表情を浮かべた男が飛び出してくる。細身だが、いかり肩で体格がよく、冷川よりも背が高い。その筋の人だ、と見るからにわかる風貌に、三角は霊と対峙したときとはちがう意味で身を縮ませた。

知り合いですか、ととっさに冷川を見る。知りませんよ、というすっとぼけた顔で返される。

けれど男は、冷川に突進してくると、胸倉をつかんでそのままぐいと引っ張りあげた。首が締まり、うめき声をあげる冷川の姿に、頭が真っ白になりながらも男に体当たりをかますことのできた自分を三角は褒めてやりたいと思った。びくともしなかったし、冷川を力任せにぶん投げた男に、思いきり拳を腹に入れられたけれど。

「三角くん！」

うずくまる三角に駆け寄ろうとした冷川の、首筋をうしろから男が殴る。手刀、ってやつだ。と呑気に思ったときには、冷川は地面に崩れ落ちてびくともしなくなっていた。助けようと手を伸ばしたときには、三角も首根っこをつかまれて、鳩尾《みぞおち》にもう一発、拳を入れられる。三度目の気絶がこんなふうに人為的に訪れるとは、とやはり妙に呑気なことを思ったあと、三角は意識を失った。

腹の痛みでうっすら意識が戻ってきたころ、頬に強いびんたを張られた。衝撃で、脳が揺れる。瞼をあけても焦点がさだまらず、かすんだ視界の中央で、男が三角を見下ろしていた。

俺、殺《や》られるのかな。とさすがに命の危険を覚えたが、男がそれ以上、手を出してくる様子はない。あの場でとどめを刺さなかったということは、三角たちに聞きたいことでもあるのだろうか。少し冷静になってきてはじめて、床に転がされた自分が拘束されているわけではないことに気がつく。隣に、すでに目を覚ましていたらしい冷川が、長い足を投げ出して、どこか余裕の表情を浮かべていることも。

二人が連れてこられたのは、住居というにはそっけないが、事務所というには生活感のある部屋だった。どうやら男に仲間はいないらしい。男の屈強さをまのあたりにしたあとでは、考えなしに逃げ出す気はなかったが、とりかこまれて袋叩きにされることはなさそうで、ほっとする。

恐怖は薄れたものの、困惑を隠しきれない三角に、冷川が男の背後に向かって顎をしゃくってみせる。その先に、黒い革張りのソファがあった。すらりとした細い足が目に入り、見上げてそれが英莉可だということがわかる。

頭がもげそうなくらい首をのけぞらせ、英莉可は、ひゅうひゅうと浅い呼吸をくりかえしていた。とっさに起ちあがると、英莉可と三角のあいだに男が立ちはだかる。眉一つ動かさず、冷川や半澤とはまた違う冷徹さで三角を見下ろす彼が、英莉可のために三角たちを襲ったのだということはそれでわかった。

英莉可は、冴子と同じように黒い血を流していた。目だけでなく、鼻からも耳からも口からも。ごぼごぼっと、ときおり泡立つような音をたてて、とめどなく血が流れだしている。これが本物の血液なら、まちがいなく彼女は出血多量で死んでいる。

「自家中毒ですか」

やれやれ、というように冷川が言って、起ちあがった。

「人を呪えば必ず自分に跳ね返ってくるんです。自業自得ですね」

「なんだと!?」

男が顔色を変え、英莉可をかばうようにしてさらにすごむ。

「本当のことでしょう」

「……なんとかしろ。絶対に死なせるな」

そう言って、男は三角と冷川を交互に睨み据える。それだけで三角は竦みあがってしまうが、冷川は平然としたものだった。

「僕がそんなことをする義理はない」

「や、やります、やります！」

言い切り、男の拳がふりあげられる気配を察したところで、三角はあわてて声をあげた。

冷川が、不機嫌そうに振り返る。

「やりませんよ」

「いや、やるべきです」

「どうして」

「だって……こんな状況で、ほっとけないじゃないですか」

冷川は、信じられないことを聞いた、というように口をへの字に曲げた。

「三角くん、怖くないんですか？ へたに手を出せば、今度はあなたに跳ね返りますよ」

「そりゃ怖い……ですけど。でも、彼女なら冴子さんにかけた呪いを解けるかもしれないし」

「あなたにはなんの得もないのに」

「……損得、だけの話じゃないですよ」

言いたいことはいろいろあったが、三角は深く頭をさげた。

「協力してください。お願いします」

「……わかりました」

冷川は小さく息をつくと、やや困惑した様子の男に向き直った。

「なんとかしてみます。が、あなたは外に出ていてください」

「ああ？　なんで」

「危ないからです。力のないあなたにできることはないでしょう。心配せずとも、彼女に危害は加えません。なんの得もありませんから」

「……絶対、殺すなよ」

「やってみなけりゃ、わかりません」

だからどうしてそういう余分な一言を。

と、三角は深々と息を吐いた。男は、今にもつかみかかりそうなほど顔を真っ赤にしていたが、冷川の言葉に嘘がないことは伝わったのだろう。黙って、おとなしく部屋を出ていった。

英莉可もまた、昨日からずっとこのありさまなのだろうか。と、三角は複雑な思いでソファに沈み込んでいる姿を見やる。

ふ、と耳元に吐息がかかって、冷川が背後から三角の胸に手をあてた。

最後に繋がったのは、先週のことのはずなのに、触れ合うのはずいぶんと久しぶりのような気がする。ずぶり、と冷川に入られる感触に声をあげないよう耐えながら、男に出ていってもらったのは正解だった、と三角は思う。こんな姿を見られたら、あらぬ誤解を受けかねない。

そんなことを考えているうちあたりが闇に転じて、いつものように光る三角形の内側に立っていた。

「いーれーて」

と、なんだかさみしそうな声がする。

目の前に、情景が浮かびあがった。

一人でブランコを漕いでいる小学生くらいの少女と、彼女を覆いつくしそうなくらい大きな黒い影。人の姿、とはちがうけれど、影の隙間から目と口は見え隠れしていて、手足もなんとなくあるように見えるから、少女にはそれが自分たちと異なるものとはわからない。物心ついたときからときどき見かける、変わった人たちだとしか思えなかった。さみしそうで、遊んでほしそうで。だからちょっと、いいかな、と思ってしまう。そんな感情が、三角のなかに流れ込んでくる。

いいよ、と少女は戸惑いながらも応えた。

瞬間、三角を内臓を抉り出されるような痛みが襲い、少女の視界は闇に覆われた。

次に目を開けると、目を血走らせた青年が目の前に立っていた。手にしていたのは、赤黒く濡れたナイフ。切っ先から地面に滴りおちる、誰かの血。背後に見えるビルや看板から路上であることがうかがえる。人々が逃げ惑うなか、少女は恐怖のあまり動けずにいる。買ってもらったばかりのおもちゃが入った紙袋を握りしめて、ただ震えながら、その切っ先が自分に振り下ろされるのを見る。

「英莉可！」

悲痛な叫びとともに、少女の視界が覆われた。今度は闇に、ではなくて、ぬくもりに。娘をかばうように抱いた母親は背中を切りつけられて崩れ落ちた。それでも娘を抱く手はゆるめなかった。母の重みを感じながら少女はとどめを刺そうとする青年に、母を傷つけておきながらへらへらと笑う彼に、絶望と怒りをないまぜにした瞳を向ける。ありったけの、憎しみも込めて。

どろり、と。

男が目から黒い血を流して倒れた。けれど母は、起き上がらない。

また場面が変わる。

「きみが英莉可か」

と、紫の衣を着た男が問う。派手な衣装にサングラス、顎全体を覆う鬚。自分の素顔は決して見せまいとするその男を、少女は信頼する気にはなれなかった。父親の背中に隠れて、帰ろうよ、と服の裾を引く。だが父親は、許してくれない。

「これからは、先生のために力を使いなさい」

その笑みは、少女の知っている父のものとは違って、爛《ただ》れたいやらしさのようなものがあった。

「すばらしい先生なんだ。お父さんを悲しみから救ってくれた」

父は少女の肩をつかみ、先生の前に差し出す。まるで、売りつけようとするように。怒りをぶつければあのときのように逃げられるのか。一瞬、迷うが、男のあまりの得体の知れなさに、怯む。手を出せば返り討ちにされる。そんなおそれが全身を支配して、少女は抵抗するすべをもたないまま、男を見つめる。すると。

その顔が。

ぐにゃりと、歪んだ。

そして場面は、閉ざされた狭い部屋へと飛ばされる。

少女はもう、いない。いるのは部屋の片隅で膝を抱えて座る、白い服を着た少年だけ。ドアが開いて、紫の衣をまとった男が二人入ってくる。一人は、目から黒い血を流していて、口をぽかんと開けたまま正気を失っている。もう一人が、かついでいたその男を少年の前に投げ出して、にやりと笑う。

髭も、サングラスもない。だがその顔は。


「……うっ」

映像から弾き飛ばされるようにして、三角は元の場所に帰ってきた。

――なんだ、最後の。

冷川の、三角を背後から抱く手に力がこもった。まるでしがみつくように。耳元で、苦しそうに息を吐きだすのも聞こえる。

――冷川さん……？

あれは英莉可の記憶ではない。冷川の内側で見た光景に酷似していた。でもいったい、なぜ。

ごぼっ、と湿った咳とともに、英莉可の口から黒い血が噴水のように溢れでた。

《私なんか……死んじゃえばいい……》

かすかに呟き、英莉可は再び血を吐き出す。

冷川が呻きながらも英莉可に向かって手を伸ばし、力を振り絞って穢れを祓う。

あれほど彼女を濡らしていた黒い血は、蒸発するように薄れていき、英莉可の瞳にも少しずつ正気の色が戻ってくる。

「……どうも」

三角と冷川を認めた英莉可は、とくに驚いた様子もなく小さく頭をさげた。挨拶なのか礼なのかはわからない。

あどけない、と思っていた。残像の彼女を見たときも、はじめて公園のベンチで出会ったときも。けれど、こうして対面してみると、年に似合わない妙に醒めた目をしていることがわかる。

他人にも自分にも期待していない目。冷川と、どこか似ている。

「頼みがあるんだ」

言うと、まだ本調子ではないらしい英莉可は、こめかみに指をあてたまま三角を見上げた。

「半澤さんの奥さんにかけた呪いを解いてほしい」

「はんざわ……？　ああ、あの刑事……」

「きみと同じように、黒い血を流して正気を失っている。……頼む」

「……そっか。名前、あなたから漏れたんだ」

「え？」

「なんでもない」

英莉可は、どこかさみしげに唇を噛んだ。

「……無理だよ。私には」

「どうして！　きみがかけた呪いだろう？　だったら」

「貯金箱のエネルギーを使ったから。直接触れたのは初めてだったけど、強すぎて、コントロールできなかった。だから私も、こうなった」

「貯金箱って……あの雑居ビル」

「そう。穢れを集めて、貯めておく場所」

「なんだってそんな……自分の手にも負えないものを……」

「つくりたくてつくったわけじゃない。そのほうが効率いいって言われたから」

悪びれず、英莉可は肩をすくめた。

効率がいい。

その言葉も含めて、英莉可の言動の端々が、冷川に似ている。

「貯金箱はきみが一人でつくったんですか？」

問う冷川の、顔は少し青ざめていた。

英莉可は小さく首を横に振る。

「先生が基盤をつくって、私が増幅させた」

「先生って……きみの記憶のなかにいた、紫色の服の」

「そう。宗教団体の、教祖」

ぴくり、と冷川がかすかに動いた。

「貯金箱があるとね、効率的に人がたくさん呪えるの。そうすると、そのぶんお金が入ってくる。世の中にはさ、大金払ってでも人を殺してほしいって奴がいっぱいいるんだよね。誰かに頼んで殺してもらうのもそこそこリスク高いけど、呪いならバレることもないでしょ。だから先生のまわりには偉くてお金のある人が集まってくる」

「その先生が、きみにこんなことさせてるの」

「うん。私は呪い屋だから」

三角の問いに、英莉可はあっけらかんと答えた。

「きみはそれでいいの？」

その問いには、わずかに表情を曇らせる。

「やめられるものならやめたい、けどね。でも……こっちにもいろいろあるんだよ。しがらみってやつがさ。先生、ちょーこわいから、逃げ出すのも難儀だし」

肩をすくめるそのライトなしぐさが、強がりなのか本気なのか、三角にはわからなかった。かわりに質問を続ける。

「何者なの、先生って」

「さあ。先生は最初から先生だったから。でも……あなたは知ってるんでしょ？」

ふと、鋭いまなざしになって、英莉可は冷川を見た。

「あなたの記憶でしょ、さっきの」

「よく覚えてないですね」

かわすことにかけて、冷川の右に出るものはいない。本当に覚えていないのか、すっとぼけているのか、やはり三角にはわからなかった。英莉可もそれ以上追及する気はないらしく、あっそ、とつぶやくにとどめた。

「とにかく私には、無理。触っただけで、たぶん、またこうなる」

「きみは、それでいいの」

お手上げ、というように両手のひらをあげた英莉可に、もう一度、三角は聞く。英莉可は目を瞬いた。

「いいも悪いも、だってなにもできないし」

「私なんか死んじゃえばいいって、言ったじゃないか。それって、後悔してるってことじゃないの？」

動揺したように、英莉可の瞳が揺れた。

「……俺は、自分のことを救えるのは自分しかいないと思ってる。俺が、半澤さんとか冴子さんとか、大事な人たちを助けたいと思うのは、自分だったら見捨てられたくないからで、見捨てる人間にもなりたくないからだ。だから面倒でも、巻き込まれて、しがみつこうとして、……失敗して」

何を言おうとしているのか自分でもわからないまま、言葉を紡ぐ。英莉可に対してだけでなく、冷川にも向けて。

「純粋に人のためでも、損得だけでも、どっちでもない。誰かを助けることは、いつか助けてほしかった自分を、助けることにもつながると俺は思うから」

甘っちょろいことを言っている自覚はあった。

それでも言わずにはいられなかった。

「だから、少しでもきみが、こんなことしたくない、って思ってるなら……」

「わかったよ」

遮るように、強い語調で英莉可は言った。

けれどその横顔に映るのは、拒絶というよりも、大人の説教を疎ましがるただの女子高生の素顔のように、三角には思えた。

「方法、探してみる。わかったら連絡するから。……逆木さん！」

話は終わり、というように部屋の外で待つ男を呼ぶ。

英莉可の無事を確認した男の顔がほっとゆるむ。どういう関係かは知らないが、損得だけでない心配をしてくれる相手が、英莉可のそばにいてくれてよかった、と三角は思った。殴られた跡はいまだずきずきと疼くけれど。

電話で済む、という冷川を引きつれ、三角はふたたび半澤の家に向かった。

「彼女でさえ呪いは解けない、というだけのことを、わざわざ会って伝える必要がありますか」

本気で非合理的だと考えているらしい冷川を、三角は引きずるように連れていく。

「あります。顔を見て話したほうがいいこともあるじゃないですか」

「そう……いうものですか」

「そういうものです」

逆木に拉致監禁されていた二、三時間のあいだに、冴子は自分で自分の身体を支えることさえできなくなってしまったらしい。さっき寝かせたとこだよ、といっそう老け込んだ様子で半澤は言った。

リビングに通され、先ほどまで冴子が座っていたソファに腰をおろす。冷川は、あくまで事務的に、かいつまんで状況を説明すると、先ほどと同じセリフをくりかえした。

「そういうわけで、僕たちにはやっぱりどうすることもできません。お役に立てず、申し訳ありません」

「……それだけですか」

「はい。だから電話でいいと言ったじゃないですか」

冷川はきょとんとする。

英莉可よりも手ごわいな、と三角はやるせない息を吐いた。冷川と出会ってからのこの一ヵ月半、明らかにため息の数が増えている。

「ヒウラエリカってのは、どんな奴だった」

半澤が、聞く。

普通の子です、と三角はためらいがちに答えた。

「確かにちょっと大人びたところはあるけど……あの子が本当に、残虐な事件に関わってきたなんてちょっと信じられないっていうか」

「おいおい、おまえらが言い出したことじゃねえか。しかも自分から呪い屋だって言ったんだろ？」

「そう、なんですけど。最初は、彼女がどんな子か知らなかったから」

「どんな子？　今は知ってるっていうのか。ほんのちょっと話しただけで」

「それは……ただの印象、ですけど」

「まだ子供だから、いい子だから、人を殺さねえと思うか？　みんな言うんだよ。まさかあの人に限って、ってな。けど誰だってちょっとしたきっかけで一線を越えちまう。人間の想定する最悪なんて案外簡単に起こっちまうんだ。……こんなふうにな」

そう言って、寝室のほうに視線をやる半澤は、憔悴しきっているものの、冷静さを失ってはいないようだった。

「とにかく、ヒウラエリカが陣代組と関わってることは間違いなさそうだな。だったらその線で、捜査を進めるか」

「……先生」

「あ？」

「組もだけど、先生のほうを調べなきゃ」

冷川は、意図的にその話を伏せていた。……たぶん、冷川自身の過去に関わる話になるから。けれど、その話を抜きに、今回の事件は解決しない。

「彼女に呪いをかけさせている人間がいるんです。先生って呼ばれてる、宗教団体の教祖」

宗教団体、という言葉に、半澤の頬が痙攣するように動いた。

「冷川さん、知っているんでしょう。先生を。いったい、どういう関係なんですか」

「覚えていないって、言ったじゃないですか」

「いったいどんな奴だ。その先生ってのは」

「彼女の内側で見たのは、うさんくさい派手な衣装を着た、鬚にサングラスの男です。……冷川さんの記憶のなかでは、もう少し若かった。ドアを開けて入ってくるんです。もう一人、様子のおかしい男を連れて。で、その男は目から……」

「黒い血を流していた？」

半澤の表情に、鋭さが戻ってくる。

「その話、聞いたことがある。十五年前、こいつから。……おい、冷川。どういうことだ。今回のヤマ、掌光会が絡んでるのか」

冷川は、目を閉じてしばらく押し黙った。

両手を組んで、親指をくるくるとまわす。思い出そうとしているのか、ごまかそうとしているのか。半澤と二人、じっと反応を待っていると、

「わかりません。ただ……」

と、ようやく重たい口を開いた。

「あの男のことは、確かに知っています。あれが起きる直前、信者の一人だった彼が、黒い血を目から流した男を連れて僕の前に現れた。でも、そこで記憶が途切れて、気づいたらみんな……みんなが死んだあとでした」

「……十五年前の証言と同じだな」

「ええ。ただ、先ほど思い出したこともあります。その信者が誰だったのか、僕は名前も覚えていないけど、自己中心的なふるまいをして周囲から反感を買っていると、教育係の人たちが噂していました。なんていったかな、そう、野心家だと」

「つまりそいつは、うまいことあの修羅場をくぐり抜けたあと、教祖となって新たな宗教法人を立ち上げたってわけか。で、今は女子高生に呪い屋をやらせて、ぼろ儲けしてる」

それが本当なら、諸悪の根源でしかない。

半澤は、腕を組んで宙を仰ぎ見た。

「あの日、他にも生き残った奴がいたのか……」

徹底的に捜査した、と言っていた。不可解なことだらけの事件だったから、関係者と思しき人間にはすべてあたったし、信者のリストと犠牲者をつきあわせて、漏れがあれば所在を探しだして話を聞いた、と。

半澤一人の仕事じゃない。捜査本部が立ち、長期にわたって追いかけ続けた事件に抜け穴があったということは、先生は計画的に事を成したということだ。リストから自分の名前を消すだけでなく、存在ごと抹消し、捜査の手が及ばなくなるまで息をひそめて時がくるのを待った。いや、自分を追う影を感じたら、みずから返り討ちにしたかもしれない。人ならざる力を、使って。

「……そもそも、そいつが呪いをもちこんだんじゃないですか。冷川さんのいた、教団のなかに。それがトリガーとなって事件が起きて、どさくさに紛れて逃げ出した」

想像はついていたのだろう。冷川は、肩をすくめるだけだった。

「だとしても、いまさら関係のないことです」

「どうして!? そんな奴を野放しにしていたら、また何をしでかすかわかりませんよ。今の団体も……あの子だってみんな殺されてしまうかも」

「それは僕たちの仕事じゃないです。前にも言いましたよね？」

「でも……！」

「冴子さんの呪いを解くことも僕たちにはできない。できる限りのことはやりました」

「まだやれることがあるはずです。これはあなたの問題でもあるんですよ!?」

「僕の……？」

「もういい」

遮ったのは、半澤だった。

「冷川の言うとおりだ。解決はお前たちの仕事じゃない。俺が頼んだのは雑居ビル近辺の調査だけだ。それもだいたい、終わってる。ヤクザも絡んでる以上、これ以上関わるのは危険だ」

「半澤さん……」

「面倒に巻き込んで済まなかった」

子どものように拗ねた顔をして、冷川は立ち上がった。そのまま挨拶もせずに出ていく背中を、追いかけようとした三角の肩を、隣に座る半澤がつかむ。

「……ほっといてやれ」

「半澤さんは、それでいいんですか。半澤さんはこれまで冷川さんのこと、たくさん気にかけてきたのに」

「別に見返りを求めてやってたわけじゃねえ。性分なんだ。目の前で誰かに最悪なことが起きるのを許せない。我慢できない。飛び出していって止めずにいられない。そういう、な。美徳じゃないぜ。顧みられないんだから。……まあ、今回のことはさすがに後悔したがな。たぶんこれからも俺は変わらねえ」

半澤は疲れたように膝を支えに頬杖をついた。

「どんなに心を砕いてやっても救えねえことっていうのがある。言ったろ。差し伸べた手が届かなくても、それは坊ちゃんのせいじゃない。気にすることなど何もない。け」

当事者である半澤がそう言っているのに、三角に反論できることなど何もない。けれど、どうにもむしゃくしゃして、頭をかきむしったあと、三角は立ち上がった。

「台所、借りていいですか」

「あ？　急にどうした」

「お茶、淹れます。飲んでください。そうしたら俺、帰りますから」

台所は整然としていて、水回りもぴかぴかで、紅茶もコーヒーも、ポットも、どこにあるかすぐわかる。日々この場所に立っていた冴子のことを思うと、三角の胸は締めつけられた。湯をわかし、ティーバッグではなく茶葉を使って手際よく半澤のための一杯を用意する三角を見て、

「坊ちゃんはいい子だねえ」

と、半澤があきれたように笑った。

＊

昔から英莉可は愛される子供だった。

いつも朗らかで屈託がなくて、誰彼構わず話しかけておしゃべりに興じる。だけど母親と約束した、夕方五時までには必ず家に帰る。ばいばい、というと、みんなも手を振って家路についてくれるのに、ときどき、ついてきてしまう人がいた。だめだよ、と言っても黙って英莉可のうしろを歩く。なんだかとても黒くて、暗くて、重たい感じのする変な人。

しかたなく連れ帰り、テレビを観ている母親に、お客さんだよと伝える。だけど母親は、誰もいないわよと言う。黒いお客さんはすぐそこにいて、ずっと家に入りたそ

うにしているのに。迷惑だな、と英莉可は思う。だけどごはんを食べていてもお風呂に入っていても気配を感じているうちに、だんだんかわいそうになってきて、夜中にこっそり、入ってもいいよ、と招き入れてあげることがあった。

そういう夜は、きまって怖い夢を見た。

死ぬ夢だ。

――いーれーて。

彼らが言うのは、家に、ではなかった。英莉可の中に入りたがっているのだと、気づくまでにずいぶん時間がかかった。

いいよ、と彼らを受け入れるたび、英莉可は死を体験する。彼らの死は英莉可の中に残って、ずっと続いている。こわい。こわい。こわい。いやだ。だれかたすけて。

英莉可は叫ぶ。黒い涙を流しながら。

でも、誰も助けてくれない。

かわりに、彼らが、ほかでもない恐怖の根源が、英莉可を助けてくれたのだった。

母親が、ナイフで切りつけられたとき。

男がどこから現れたのかは覚えていない。通り魔、なんて言葉も知らない年頃だった。ただ、突然暴れだした男のせいであたりが阿鼻叫喚に包まれて、プレゼントを買ってもらってうきうきしていた気持ちがかき消され、英莉可はただただ怯えていた。

そうして気づいたら、母親が英莉可に覆いかぶさっていて。

背中が真っ赤に染まっていた。逃げて、とかすれる声でつぶやいたのを最後に、母親は動かなくなった。

死んだ、と英莉可は思った。死ぬというのがどういうことか、英莉可は誰より知っている。昏くて、さみしくて、苦しくて、痛くて。永遠に苦悶と絶望が続いていく真っ暗闇。そのなかに母は落ちたのだと、いや、落とされたのだと瞬時に悟った。

許さない、と思った。

だから男が血走った眼を英莉可にも向けたとき、言ったのだ。

《お母さんよりももっと痛い思いをして永遠に苦しめ》

そう願った。強く、強く、強く。

そうしたら、英莉可の中にいた死が飛び出して、男の中に入り込んだ。目から黒い血を流したかと思うと、彼はがくがくと震えだした。捕らえられたあの男はいまだに死ぬこともできず、塀の向こうで狂乱し続けているという。

──私は死に愛されている。

そのとき初めて、英莉可は知った。私が願うだけで、彼らはかわりに事を成してくれる。願いが強ければ強いほど、成せると信じていればいるほど、その効果は強大になっていくんだ。

けれど、この力を何かいいことにも使えないのだろうか、と思った。目の前で息絶えていく母を、英莉可は救えなかった。どうすればよかったのだろう。あの男の狂気に最初から気づけていればよかったのだろうか。男が凶行に出る前に、呪うことができていれば、母は死ななかったかもしれないのに。

私が気づけなかったせいで、お母さんは死んだ。

そんなことない。私にはどうすることもできなかった。悪いのはあの男だ。

でもお母さんは私を庇ったせいで。お母さんが死んだのに私だけが助かるなんて。

でも。でも。でも。

そんなとき、先生に出会った。

愛する妻の無残な死に、塞ぎこんで会社も行けなくなっていた父親は、先生に出会って救われたらしい。そうして、うすうす感づいていた英莉可の力のことを、先生に話してしまったらしかった。あの子のおかげで犯人は一生塀の向こうです。あの子はすばらしい力をもっているんです。そんなふうに、誇らしげに。

先生は、英莉可に興味をもった。

そして出会った一目で、英莉可の才能を見抜いた。

——きみはたくさんの人の役に立てるんだよ。

貯金箱をつくるとき、先生は必ず言う。人を殺しているのに？　直接手を下してはいなくても、それと変わらないことをしているのに？　思うけど、言わない。先生の機嫌を損ねたくないから、ではなくて、口にして自分のしていることを認めるのがいやだった。ちがう。私は人殺しとはちがう。やりたくてやっているわけじゃないし、お金儲けにも興味ない。私だけは、この教団のなかでまっとうだ。そう自分に言い聞かせた。

それに。

どんな形であれ誰かの役に立てるなら。〝悪い奴ら〟をやっつけて、母親のように無残に殺される人が一人でも減るのなら、それでいいような気がした。

矛盾しているのは知っている。呪うことで、英莉可自身が、残虐で理不尽な死に手を貸しているのだということも。

——きみはそれでいいの。

ミカドくん、と呼ばれていた男のことを思いだす。

優しい、労わるような声だった。彼にとってもたぶん大事な人を、英莉可はひどい目に遭わせたのに。英莉可のことを、心配していた。助けたい、みたいなことを言ってくれていた、気がする。

——変な人。

逆木の部屋で、三角と冷川の気配の名残を感じながら、ソファに座って足を投げ出す。

いまさら誰かを助けるなんて。いつかの自分を助けたいなんて、虫が良すぎるんじゃないか。そう思う、けれど。

——それでいいの。

三角の問いかけが、耳に残って、離れない。

第七話　貯金箱

彼を見つけたのは、本当にただの偶然だった。雑踏で、ひとりだけ他の人とは違って見えた。別に光り輝いていたわけでも、とくべつ目立っていたわけでもない。ただ、目を惹いた。名前も知らないのに、直感的に、彼だ、と思った。やっと見つけた。僕の、僕だけの、運命、と。

ずっと、探していたのだ。冷川を助けてくれる、冷川だけのもの。出会えば共鳴し、この人だとわかる、運命とはそういうものだと教えられたから。……でも、誰に？

事務所でひとりコーヒーをすすりながら、冷川は落ち着かない気持ちをもてあましていた。非浦英莉可の記憶を見てから、頭の芯が痛みを訴え続けている。だからいやだったんだ、と冷川は思う。そもそも最初から気に食わなかった。冷川に無断で、三角の中に入ろうとしたときから、英莉可のことは。現場で何度も名前は聞いていたけれど、ろくでもないものが背後に隠れている予感がしていたから、できることなら関わりたくなかった。損をするだけだと思った。やっぱりろくでもなかったじゃないか、と自家中毒を起こしていた彼女の姿を思い出し、嫌悪の表情を浮かべる。いくら半澤のためとはいえ、あんなものに進んで関わろうとするなんて、三角はどうかしているとしか思えなかった。端的に言って、不快だった。冷川の過去に闖入《ちんにゅう》されるのも、三角が冷川をさしおいて英莉可に同情するようなそぶりを見せるのも、冷川を責めるようなものいいをすることも。三角は、冷川のためだけに、その力を使えばいいのに。

立ち上がり、一人では広すぎる事務所をいったりきたりする。すっかり陽の沈んだ窓の外を車のライトがいきかい、イルミネーションのように彩っている。事務所を借りたときは、一人で快適に過ごすのにちょうどいい広さだと思ったはずなのに、なぜだかいまは胸にぽっかり、穴があいたように感じられた。その、名前をつけがたい感情が、やっぱり居心地わるくて、冷川は爪先で床を蹴った。

——僕の問題でもある、というのは、どういうことなんだろう。

確かに先生とやらは冷川の失われた記憶と繋がっている。でも、そんなものをいまさら取り戻したいとは思わないし、あの場所から解放されたこととそれじたいは、冷川にとってもいいことだったはずだ。だから、どうにもならないことを掘り起こし、気分の悪い思いをすることが、冷川にとって得になるはずがない。……でも、三角は損得だけの問題ではない、と言ったのだ。

わからない。三角の言うことはときどき、冷川の理解を超えている。考えたくないな、と思うのに、無視できないのはなぜだろう。

大事な人は大事にしたほうがいい、とも三角は言った。冷川にとっていまいちばん大事なのは三角だ。彼がそばにいてくれて、冷川のために動いてくれて、誰にも関与されない状態がいちばん心地がいい。だから契約を結んだのに、放棄して逃げ出そうとした。とりもどすには、三角の言うとおり動いてみたほうがいいのだろうか。気は、ひどく進まない、けれど。それに。

半澤は、たしかに大事な人といってもいい相手だった。冷川の運命とは違うけれど、いてくれると助かる、人ではある。

冷めたコーヒーの入ったマグカップをシンクに置き、冷川はコートを羽織る。多少なりとも彼の意に添うことをしたら、三角はまた一緒に肉を食べてくれるだろうか、と思いながら。

一歩近づくたびに、動悸が激しくなる。

逃げ出したくてたまらない衝動を押し殺しながら、三角は雑居ビルに向かってい

た。一人って、こんなに心許ないことだっただろうか。冷川に触れられ、中に入られ

るのは、落ち着かない気分にさせられるけれど、気持ちがよくて、彼の言うとおり怖

いという気持ちがどこかへ飛んでいくような気がした。それは、なにごとも恐れない

彼の心と同期していたから、だけではなくて、この世界に自分はひとりぼっちじゃな

いと信じられたからなのかもしれないと、改めて思う。気持ちがいいのも、それだか

ら。別々であるはずの二人が一つになって、世界を分かち合うことができていたか

ら。

でも今、冷川はここにいない。

いつものように三角を背後から抱くこともない。

何度も電話しようとして、やめた。三角だけで行くことにした。これ以上気持ちを

押しつけて、ぜんぶ自分の独りよがりかもしれない、なんてくよくよ悩むのもいやだ

ったし、どこかで、冷川をあの先生とやらから遠ざけたい、守りたいような気持ちもあった。

「……とはいえ、おっかねえなー!」

ようやく雑居ビルの入り口にたどりついた三角は、おおげさに身をふるわせ、じたばたとその場で足を踏み鳴らしてみた。

そして覚悟を決めて、息を吸う。おそるおそる格子状の門扉に手をのばす。――と。

「なにやってんの!?」

その手を横からつかむ、細い手があった。

「あ、エリカ……ちゃん」

呼ぶと、英莉可は梅干しみたいに顔全体に皺を寄せた。

「ごめん。なれなれしかったかな」

焦って三角が言うと、英莉可は苦笑する。

「べつにいいけど。ただ、人がいいなと思って」

「え、そうかな」

「そうだよ。私はあなたの大事な人も、無関係な人も傷つけた張本人なのに。それに逆木さんに思いきり殴られたらしいじゃん」

「あー……あれは痛かった。腹もめっちゃ青くなってるし、正直、まだ痛い」

「それなのに英莉可ちゃんとか。私のこと、友達みたいに」

「確かにね」

と、三角は我ながら、ちょっとおかしくなる。

「でも俺は、きみがそんなに悪い子だとは思えないんだ。……違うと思いたいだけかもしれないけど」

半澤の言うとおり、英莉可のことを三角は何も知らない。

本当は、先生にむりやりやらされているというのは言い訳で、本人が望んで、楽しんでやっていることなのかもしれない。でも、共有した英莉可の記憶と言葉から、感じたのは悲鳴のような助けを求める声だったから。

「それで？　お人好しのミカドくんは今なにをしようとしていたの」

「……ぶっ壊そうと思って」

「え？」

「貯金箱をぶっ壊す。そうすればもしかしたら、冴子さんだって」

「ちょ、ちょっと待って。え、ばかなの？　私の話聞いてた？　ここは危険だって言ったじゃない。さっきの私みたいになりたいわけ？」

「危ないのは身に沁みてわかってるよ。ほら、まだ中に入ってもいないのに、こんなになってる」

そう言って、三角は両手を英莉可に開いてみせた。情けないほど、指先まで小刻みに震えて、止まらない。

英莉可は呆れたようにまじまじと三角を見た。

「だったらなんで……」

「もううんざりなんだ。理不尽に人が傷つけられたり、傷つけたりするのを見るのは」

「だからって。貯金箱を壊すなんてそんなこと、本気でできると思ってるの？」

「わからない。できるかもしれないし、できないかもしれない。でも、もういやだから。怖がってばかりで、何もしないで逃げる自分も」

目の前で誰かに最悪なことが起きるのを許せない。我慢できない。飛び出していって止めずにいられない。そんな半澤が、誰かを守ろうとして、いちばん大事な人を苦しめられている。成したのは英莉可だけど、英莉可もまた憎しみにとらわれて、ぶつける相手を見誤っている。

三角は、憎しみを知らない。誰のことも心の底から恨んだことはない。だから能天気に、楽天的に、物事を良い方向にしかとらえられず、お人好しと言われてしまうのかもしれないけれど、それはただの世間知らずなのかもしれないけれど、でも、憎しみや悲しみが連鎖してさらなる不幸を呼ぶのをただ指をくわえて見ているだけなんていやだった。本当なら断ち切れるはずの連鎖を増幅させているこんな貯金箱みたいなものは一刻も早く壊すべきだと思った。

だから、行く。

飲みこまれて終わるだけかもしれなくても。差し伸べた手が誰にも届かなくても。

自分にできることを、できる限りの力で。

「……本気、なんだね」

「うん。自分でもばかだって、わかってるけど。……エリカちゃんは、どうしてここに？」

「私は……」

英莉可はうつむいた。

「私も、できることがあるんじゃないかと思って」

声は、か細く震えていた。

「貯金箱をどうにかできれば、あなたの大事な人も助けられるかもしれない、って」

英莉可も怖がっているのだと、それでわかった。

「今さら何言ってんだって感じだよね。信じてもらえなくて当たり前だけど」

「信じるよ」

反射的に言った三角に、英莉可は、はっと顔をあげた。

「きみが冴子さんを助けたいっていうなら、それを俺は信じる」

その表情が、歪む。

半澤は、信じない強さをもつ人だ。そうあれたらどんなにかいいだろうと、憧れる。でも三角には、残念ながら、見えてしまう。街をさまようかつて生きた人たちの影も、英莉可の流す黒い涙も。それを見なかったことには、もうできない。

「俺は自分の目にしてきたものを、なかったことにはしない。ちゃんと、信じる。信じて祓うし、助けられるものなら助ける。俺たちのは、そういう力だ。信じたものを、本当にする力。そうだろう？」

英莉可はぐっと下唇を噛んだ。泣きだすのを必死でこらえているように、三角には見えた。

「……わざとだったの」

英莉可は、つかんだままだった三角の手を握る力を、わずかに強めた。

「名前。……呪いをかけるときに名乗るのは危険だって知ってたけど。いつか誰かが、気づいてくれるんじゃないかって」

「……そうか」

「怖かった。ずっと。……だから、あなたたちに会えてすごく嬉しかった」

「同じだよ。俺も、同じ」

英莉可の手に、三角も自分の手を載せる。

ぬくもりが、あった。英莉可は、生きている。最悪をどうにかここまで生き延びてきた。いい出会いさえあれば、いつだってやり直しはきく。

「入れてあげる」

と、英莉可は決然と言った。

「あなた一人じゃ、たぶんビルに入ることもできない。でも、私が貯金箱の蓋を開けることができれば」

「……いいの？」

「どうしたってあなたは行くんでしょ。私のこと、治してくれたし。呪いを解けないかわりにそれくらいはしてあげる。借りはつくりたくないからね」

「ありがとう」

微笑む三角に、きまりが悪くなったのか、英莉可は乱暴に手をふりはらって雑居ビルに向き直る。

「でも、私にできるのは蓋を……入り口を開けることだけ。中に入るのはあなただよ。入って、穢れを探して」

「穢れって、黒い影のこと？」

「ううん。貯金箱の核になるもの。人から穢れを奪うのは、核を増幅させるためなの。どこかに紛れているはずなんだけど、それが何かは先生しか知らなくて……。でも、あなたの目なら見つけることができるかもしれない」

「見つかったらどうすれば」

「穢れを祓い、貯金箱を浄化する。……できる？」

「やるしかないだろ」

これは武者震いだ、と三角は震える自分を叱咤するように両頬を叩く。祓うのはいつも冷川の役目だった。三角はただ、見ていただけ。でも、見ていたからこそ、真似ることもできるかもしれない。

二人で、門扉を開ける。

英莉可と一緒にいるせいか、息苦しさは和らいでいた。先日、倒れこんでしまった場所を越えて、一歩ずつ先へ進む。狭いのは入り口だけで、つきあたりを左に曲がると意外に開放感のある空間が広がっていた。店舗だったのだからあたりまえか、と思う。それに、路面店の背後に伸びる形で設計されたビルだからこそ、近隣の店舗で失踪者が出るほど影響を及ぼしていたのだろうし、場として選ばれたのだろう、と。

進めば進むほど淀みは濃くなっていったが、ひときわ禍々しさを放っているのは最奥の扉だった。聞かずとも、その向こうに貯金箱があるのだとわかる。英莉可が緊張するのが空気で伝わってくる。それでも彼女は歩みをゆるめることなく、むしろ早足で扉へ向かう。ノブに触れる寸前、ほんの少し躊躇するそぶりを見せたけれど、表情ひとつ変えずに手をのばし、扉を開けた。

流れ出る〝気〟の圧で、吹き飛ばされるような気がした。ドアの隙間から見える部屋のなかには、黒い影が充満している。両足でふんばる三角に対し、びくともしない英莉可はさすがだった。胃の底からこみあげてくる気持ちの悪さにも懸命に耐えながら、三角は英莉可のうしろに、援護するように立つ。影は、最初、様子をうかがうように部屋のなかで渦巻いていた。けれどすぐに、英莉可に向かって触手をのばす。細い糸のようになってしゅるしゅると伸び、彼女の右腕にからみつく。

英莉可は息を吸った。

唇の隙間をくぐりぬけて、影は英莉可の中に入っていく。

英莉可の黒目が大きくなったように見えたのは、瞳孔が開いたせいではなくて、血が溢れたからだった。

「行って」

黒い涙が、一筋こぼれる。

自家中毒を起こしていた彼女の姿が脳裏によみがえる。けれど。

「行って。はやく」

鋭く、そしてゆるぎない声に、三角はうなずき眼鏡をはずした。

今はただ、飛びこむよりほかはない。

＊

「港東町を中心に、妙な事件が続発しています」

と、内村から電話があったのは、救急病棟の待合ベンチで、なすすべもなく項垂れているときだった。

「港東町？」

雑居ビルのあるあたりだ、と気づいた半澤の声が険しくなる。

「妙、ってのは」

「通り魔が出たり、放火が起きたり、とにかくパニックで……。何者かが先導してるってことはなさそうなんですが、とにかく数が多すぎて把握しきれないんです。わけわかんないっすよ」

内村は、途方に暮れているようだった。

「とりあえず通報があった場所、片っ端から駆けつけてるんですけど、半澤さん、臨場できませんか。奥さんの具合が悪いところ申し訳ないですけど……」

即答できず、半澤は集中治療室の扉に目をやる。

冴子が突然、痙攣を起こし、病院に運び込んだのは三十分ほど前のことだ。てんかんの発作に症状は似ているらしいが、原因がわからず処置のほどこしようがない、と医師からは言われていた。最善を尽くしますが非常に危険な状態です、と。

そばについていてやるのが、夫としての務めだろう。

けれど半澤は、わかった、と答えた。電話を切ると、ほとんど駆け足で病院を出た。車を走らせ向かった先は、あの雑居ビルだった。

そこに、冷川がいた。

「いいんですか、こんなところにいて」

路肩に車を止めて降りてきた半澤に、冷川はいつもどおり悠然とした調子で問う。

「何が起きてる？」

「中で、三角くんが呪いを祓って、冴子さんを助けようとしています」

「ああ？　一人で行かせたのか」

「僕に黙って勝手なことばかりするんです。でも、すぐわかるんですよ。僕と彼は離れていても繋がっているから。そういう契約をしたんです」

「……あいかわらず意味わかんねえな」

吐き捨てるように言った半澤のうしろを、黒塗りの車が一台、走り抜けた。スモークガラスのせいで後部座席は見えないが、運転しているのは夜なのにサングラスをかけて黒いスーツで身をかためた、いかにも、という風体の男。

道の向こう側に車を止めたものの、こちらの様子をうかがっているのか、すぐには降りてこない。ただ、殺伐とした緊張感が漂うのを、肌で感じる。

「半澤さんは、あの人たちを止めておいてください」

予想していた、というように冷川が言った。

「たぶんサングラスをかけた鬚の男が乗っています。そいつが教祖——非浦英莉可を操っている先生です」

助手席からプロレスラーのような体軀の男が降りて、恭しく後部座席のドアを開けた。尊大な態度で降りてきた顔を見て、

「……あいつか」

と半澤は舌打ちをした。

「僕は三角くんのところに行ってきます。あとは任せてください」

「……信じられるか、そんなもん」

そう言うと、冷川はうれしそうに、あはっ、と笑った。

「やっぱり、あなたはそっち側にいてもらわないと」

それは、初めて会った少年のころと同じ笑顔だった。あなたの信じない力はすごい、とはしゃぐように言ったときと。

ふん、と半澤は鼻を鳴らした。

がらにもなく、ありえるはずがないことを、信じかけた。そんな自分にだんだん腹が立ってくる。半澤は、自分で見たもの、調べた結果しか信じない。いま確かなものとして半澤の手の内にあるのは、失踪者を多く出しているこのあたりの土地が陣代組

の所有であること、そして陣代組が〈神話の光〉とかいう宗教団体を保護し始めたころから、妙に潤い始めたということだけだ。

その教祖が、目の前にいる。

だったら、すべきことは一つしかない。

「あー、すみません。ちょっといいですか？」

ヤクザなのか信者なのかわからない男たちを引き連れている教祖に向かって、みずから近づいていく。いちばんの側近なのだろう男が、教祖を庇うように立った。

「このあたりで妙な事件が続いてるらしいんですけどね。何かご存じないですか」

手帳を見せると、男たちのまとう空気が一気にぴりついた。

「知りませんね。私たちは所有してるビルの様子を見に来ただけです」

「ほう？　てことは、陣代組の方ですか」

空気がさらに、殺伐としたものに変わる。

「先ほど区内の清掃業者の男性二名から被害届が出されましてね。そちらの組員から暴行を受けたらしいんですが」

「何を誤解なさっているか知りませんが、私たちはヤクザと関係ありません」

「へえ。じゃあ、宗教関係のほうっすかね？」

一人が舌打ちするのが聞こえた。

うつむき続けている教祖を庇うようにして、側近が車に戻ろうとする。

「行きましょう」

「ちょっと待ってください。そこのあなた、……先生、ですよね？」

そのときはじめて、先生が顔をあげて、半澤を見た。

「おたくの教団が事件に関わってるってタレコミがありましてね。立ち話もなんなので、よかったら署のほうでお話聞かせていただけませんか」

「令状もないのにその必要はありません」

「そう言わずに……っ、と！」

強引に迫ろうとする半澤の胸倉を、ひときわ体格のいい男がつかんだ。半澤にもいざというときの心得くらいはあったが、あまりの力の差に、軽々と路面に投げ出される。受け身をとったおかげで痛みはそれほどでもなかったが、間髪を入れずに男が殴りかかってきたせいで、先生が車に乗り込むのを止められない。

「くそっ……」

急発進する車のナンバーはかろうじて記憶するも、残された男たちに二人がかりで襲いかかられ、応戦するのがやっとで追跡の手配をすることもできなかった。

＊

黒い影が廊下を滑るようにして出口に向かっていく。ここに来る途中、そこかしこで暴動とも言うべき〝事件〟が起きていたのは、穢れが無作為に放たれて人々に憑いたせいだろう。だからきっと、教祖が様子を見にくると思った。中に三角がいることが知れたら、無事で済まされるはずがない。殺されるのは困る、と彼にしては少々急ぎ足でビルに向かった冷川だったけれど、三角のもとに向かうべきか、教祖を食い止めるべきか判断に迷っていた。半澤がきてくれて助かった、と影を手で払いながら奥へ進むと、貯金箱の入り口が開いているのが目に入った。

ドアの脇では、内も外も影に蝕まれた英莉可が倒れていた。せっかく祓ってやったのに、またも黒い血を穴という穴から垂れ流している。けれど先ほどと違うのは、彼女に抵抗の意志があるらしいことだった。影を受け入れながら、自分を失わないよう、必死でもがいている。彼女もまた三角の言葉に動かされて、三角のために戦っているのだろう。僕のものなのに、と不愉快にならないでもなかったが、昼間会ったときよりはいやな気持ちにならなかった。

影というよりは部屋中にひしめく渦のようになった影の隙間を縫って、三角の気配がするほうへと進んでいく。よく見れば影は無数の糸のようにもなっていて、その一本一本に呪詛が編まれていた。よほど強力な穢れを核としたに違いない。さすがの冷川も目眩を覚え、祓いきれないほどの怨嗟が充満していた。

その中央で、三角はうつぶせになって倒れていた。指がぴくぴくと動いて、床にしがみつこうとしたのだろう。這いつくばってでも進もうとしているように見える。その全身にまとわりつく影を祓うと、三角はうめき声をあげて目を薄く開けた。

「まったく、無謀すぎて呆れますね」

見えはするが、祓うすべをいまだもたない。〝器〟としての自身の可能性に、無頓着が過ぎる。ガードがゆるすぎるからすぐ、英莉可にも影にも入られてしまう。

「他の人を入れたらだめだって言ったじゃないですか」

「ひや……かわ、さん……？　どうしてここに……」

「きみが怒った契約のおかげです。腰の痣を通じて、きみと僕は鎖のようなもので繋がれています。異変が起きれば、すぐわかる。役に立つでしょう？」

「……なんだか、飼い犬にでもなった気分です」

怒る気も失せますね。と苦笑すると、三角はよろよろと身体を起こした。

「今は核を探さないと……。このあたりにある気がするんです」

「しかし、この場にいるだけであなたは穢されていきますよ。僕が祓ったところで、キリがない。そろそろ彼女も限界のようだし、戻ったほうがいいと思いますが」

「だめです。戻りません」

「死ぬつもりですか？」

「……冷川さんは、行ってください。俺一人でどうにかしますから」

「それは困ります」

「使える助手がいなくなると困るから、ですか？」

皮肉っぽく言う三角に、冷川は即座に首を振る。

「違います」

言った自分に、驚いた。

「……なんで、ですかね？」

使える助手、というだけならきっと、他にも探せばいるだろう。それなのにどうして冷川はこんなにも三角に執着してしまうのか。

運命だから、と以前は思っていた。

けれど三角は、冷川の思いどおりにならないし、冷川だけのために動きはしないし、不都合なことばかりする。本当は直感がまちがっていて、三角は運命なんかじゃないかもしれない。だとしたら見捨てたってなんの問題もないはずだ。理屈で考えれば、こんなに非効率で得のないことを、冷川がする理由はない。

——だけど。

「繋がったほうが、効率がいい。きみが見るのを、僕が支えます。いつもの感じでやりましょう」

「出た、効率」

なんで笑うのだろう、と冷川は首をかしげた。好意的な反応、とは思えない。けれど冷川を拒絶しているのともちがう気がする。……わからない。人の心というやつは、冷川にはちっとも。

冷川は、三角の肩に手を置いた。

「きみには……物事から目をそらさずにいようという意志がある。だからたぶん、物事の本質も見えるはず」

それを一緒に見たいのかもしれない、と冷川は思う。

自分ひとりでは見えない、見つけられないものを、三角の目を通じて。

びくん、と蠱惑《こわく》的に三角が震えた。

「今、何かが……」

三角はみずから、影を払いのけた。足元に、小さなスパンコールが落ちているのが見える。冷川も、三角が進もうとする先を漉《す》くようにして、影を祓っていく。一つ、またひとつと、光るスパンコールが現れる。

どくん、と心臓が跳ねる音がした。

その輝きを冷川は、見たことがある。でもいつ、――どこで。

「あれだ！」

呪詛の糸に搦《から》めとられるようにして、宙に浮いている青い筒状の何かが、視界の先に見えた。影をかきわけながら、三角がそれをつかみとる。

「これだ！」

嬉しそうに、三角がふりむき、手にしたそれを冷川に見せる。

きらきら、光る。まわすと、踊る。覗きこむと色とりどりの花畑のように華やかで、星の瞬く夜空のように神秘的で、荒んだ心を慰めてくれる。花畑も夜空も冷川はちゃんと見たことはないけれど。

「僕の万華鏡」

つぶやいた瞬間、がくんと膝が落ちた。
そのまま冷川の視界は、隔絶された闇に包まれる。

＊

見開かれた目が黒い血に塗りつぶされて、頬を滴り落ちていく。そのまま崩れ落ちた冷川は、揺すっても叩いても目を覚まさない。とっさに三角は、冷川の手を自分の胸に押し当てていた。瞬間、貯金箱とはまた別の、まっくろな空間に二人は飛ばされる。三角形の結界のなかで、冷川を抱き起こす三角の前に、以前も訪れたことのある狭い部屋の光景が広がっていく。

「お食事ですよ、大掌様」

と、盆を抱えて真っ白な衣に紫の帽子をかぶった女が部屋に入ってくる。載せられているのは玄米と漬物だけの質素な食事。さしだされた少年は、膝を抱えたままつまらなそうにそっぽを向く。

「……お母さんは？」

女は笑顔を張りつけたまま、声高に答えた。

「大掌様にお母さまはいらっしゃいませんよ。さ、午後の面会にそなえてしっかり召し上がってくださいね」

「……お肉たべたい」

「だめだめ！　肉には毒がいっぱいなんですから。お野菜もここでつくったもので、毒を一切使っていないですからね。安心してめしあがれ！」

十歳前後に見えるその少年が、着ている白い服はぶかぶかで、手足はひどく痩せ細っていた。

盆を床において女が出ていくと――部屋にはテレビや本棚はもちろん、椅子やテーブルもなかった――少年は盆をつまらなそうに見て、ポケットからとりだしたものを覗きこむ。青い、万華鏡。それは先ほど、三角が手にしたものと同じ。

「あれは、誕生日に母から買ってもらったものです。あの万華鏡を覗いているときだけが、僕にとって唯一の安らぎだった」

いつのまにか隣にいた冷川が、つぶやく。三角に伝えるため、というより、自分に言い聞かせるように。

やがて女が、面会者を引き連れて帰ってきた。

黒い着物の女が目の前で正座すると、少年は彼女に向かって掌を掲げ、意識を集中させる。少年が、なにかをつかみとってぶん投げるような仕草を見せると、女は体をのけぞらせた。

「す、すばらしい……体が軽くなった……」

「これが大掌様のお力です。皆さんも修行でできるようになりますからね。励みますように」

女が言うと、面会者の女は手を合わせて少年を拝んだ。そして入ってきたときとは正反対の、軽やかな足取りで部屋を出ていく。かわりに少年は床に手をつき、汗だくになって荒い息を吐いている。

「さあ、次の方をお呼びしますよ。今日もたくさんの方がお待ちですからね」

気遣うどころか叱咤するように、女は少年に向かってことさら声を張る。

「疲れるからやだ……」

「わがままはいけませんよ。人助けできるのをありがたく思わないと！」

ぐったりしている少年に、ことさら笑みを強めて女は言った。

「立派な人というのは、我慢して我慢して私欲を見せず、不平不満を言わないものなのです。大掌様は私たちの運命なんですからね！　自覚していただかないと！」

「……うんめい」

少年は、ぼんやりしたままつぶやく。女は、諭すように続ける。

「運命ってなんだかおわかりにならないかしら？　運命というのは共鳴して、多くの人を惹きつけるもの。強い力で私たちの命を引き上げてくださるものです。この人は自分の運命だということは、直感でわかるものなんですよ！　そしてみんなが、あなたを自分の運命だと知って、こうして集まっているんです！」

話すほどに、女は興奮していくようだった。

「だから大掌様はお力を尽くしてくださらないと！　滅私に徹してくださらないと！　みんながあなたを信じているんですから!!」

女の目には、怯える少年がしかと映っている。けれど彼女は、見ていない。少年がどんな顔をしているか。なにを訴えているのかも。見えていないし、聞こえていない。

「掌から出た強いオーラが行き来するのがわかりますね。今おわかりにならない方も、今後の修行できっと実感されるでしょう」

やわらかで、高すぎず低すぎず耳に心地のよい女性の声が、ホールのロビーに流れてくる。少年はその声をめざして、裸足のまま、ふらつきながら歩いていく。

「このお手当ての力……私どもは掌光と呼びますが、生来誰もがもつ自然の力なのです。ですが、まれに強い力をもって生まれる人もいます。私がそれに気づいたのは五年前でした」

人の密集するホールを少年は覗きこむ。見つかると怒られるのは知っていたから、息をつめて、こっそりと。

「これは人を救う力だ。そう思い、今日も皆さんとご対話に参りました。私の使命は人を救うことです。彼はそのために私のお腹を通して遣わされたのです」

拍手が会場中に沸き起こる。

少年は、入り口に掲げられた看板をじっと見た。

〈掌光会副会長　冷川塔子《とうこ》様　講演会　自分をみつける対話の会〉

難しい漢字はよくわからない。でも、見覚えのある、母の名前を指でなぞる。

しばらくして、白い衣を身にまとった女性が充足感に満ちた表情でホールから出てくる。隠れていた少年は、はじかれたように飛び出した。

「お母さん！　お母さん、助けて！」

けれど女性は、抱きつこうとした我が子を、やんわりと押し返す。

「いけませんよ、大掌様。あなたはもう私の子ではなく、神の子なんですから」

「いやだ……」

「俗人のようにふるまわれてはなりません。使命をお忘れにならないで」

「大掌様、いけませんよ」

ぐいと少年の手をつかんだのは、笑顔を張りつけた女だった。

「むやみに人前に姿を見せてはなりません。大掌様にお会いできるのは功徳を積まれた方だけなんですからね」

「おかあさん!!」

叫ぶ少年に、母親は決してふりかえらない。講演会に訪れた信者たちとは一人ひとりと熱心に握手するのに、そのぬくもりを少年にわけあたえようとはしなかった。

「僕はたぶん、苦しかったんだと思います」

子どもだった自分の顔が絶望に歪んでいくのを見ながら、冷川は言う。

「だから……壊したんです。僕があらかじめ、壊されていたから」

なにを、と三角が聞くより先に、場面が変わる。

記憶はふたたび、あの閉ざされた部屋へと戻ってきた。そして、三角も見たことのある光景が広がる。あの男が、――先生が、黒い血を流した男を連れて、やってくる。

両目を血で塗りつぶされた男が、少年の前に跪いて、すがるように両手をあわせた。

「大掌様……お助けを……」

「なんですか、あなた、突然に！　お目通りを許した覚えはありませんよ！」

女が、笑ったままの顔を歪めて、叫ぶ。

少年は、驚きも怯えもせず男に近づき、しゃがみこんで興味深そうに血の流れ落ちる顔を眺める。

「呪いですよ、大掌様」

若き先生は、にやりと笑った。

「のろって、ころして、やる。って、なに？　こんなの、初めて見た」

「簡単ですよ、あなたなら」

「へえ。どうやるの？」

「大掌様、いけません！」

男に手をのばす少年に、女は笑みを消し去って叫ぶ。

「誰か、誰か来てちょうだい！」

　少年は、跪く男の肩に触れた。そして、つぶやく。呪ってやる、と。いつもそばにいて、いつも煩わしかった、女を真正面から、見据えながら。

　目から溢れつづけていた黒い血が止まり、男の全身から力が抜けた。同時に、女が心臓をおさえ、両目から黒い血を流して倒れる。

「……呪ってやる。呪ってやる！」

　少年は、飛びあがって叫んだ。

「呪ってやる！　呪ってやる！」

　ぴょんぴょんとその場を跳ねまわり、忌まわしき言葉を口にし続ける。女がいつもそうしていたように、満面の笑みを浮かべたまま。

　女の声に呼ばれて駆けつけた人間が、次々とその場に倒れていく。そして開け放たれた扉の向こうで、悲鳴があがるのが聞こえた。

　先生は、跳ねまわる少年を、満足そうに見おろしている。

「……そうして始まったんです。殺し合いが」

　記憶を眺めながら、冷川は言う。感情の失われた、無機質な声で。

　三角はその横顔に、かける言葉が見つけられない。

万華鏡を握りしめて、少年は部屋を飛び出していく。自由を得た喜びで胸をふくらませていた少年は、けれど、ホールの惨状を目にしたとたん、凍りついた。

何十人という信者が、ボールペンすら武器に変えて、誰彼構わず襲いかかっていた。椅子で殴り掛かり、折れたその脚を口の奥に突っ込み、みずからの腕で首をしめあげる。笑いながらみずから自分の胸にナイフを突き立てる者もいる。そのなかで、正気を失ったようにふらふらと歩く女の姿があった。それはほかでもない、少年の母親だった。

おかあさん！

少年が叫ぼうとしたそのとき、ふいに現れた男が彼女の後頭部を花瓶で殴りつけた。倒れこんだ彼女の、つぶれた頭から流れ出した血が、床いっぱいに広がっていく。少年の手から、万華鏡が落ちて割れる。

「ああああああ――――!!」

絶叫が、こだまする。

その隙に、物陰に隠れていた先生が飛び出してきて、万華鏡を拾いあげた。殺戮の海を泳ぐようにすり抜けて、ひとりどこかへ消えてしまう。

「あの男の力じたいは大したことありません。ずる賢いだけの小さな男です。僕のことも利用しようとしただけ」

英莉可にしたのと、同じように。

ただ、彼女と違って冷川の力は強大すぎた。内乱を起こし、冷川を操り、あわよくば教祖になりかわろうとしただけで、これほどの惨劇になるとは思っていなかったに違いない。

けれどずる賢いから、とっさに計画を変更した。冷川の情念がこもり、穢れを集めたにちがいない、万華鏡を奪って逃げたのだ。

「……僕がやったんだ」

気づけばホールに立っている人間はいなかった。

「お母さんも、僕が殺した」

血まみれになって、みんな倒れていた。

――ちがう。あなたのせいじゃない！

三角は、そう叫ぼうとした。けれど声を発する前に、冷川の姿が目の前から静かに消えた。

「冷川さん!?」

ホールに残され、三角はひとり立ち尽くす。

「冷川さん、どこですか！　戻ってきてください！」

気づけば、駆け出していた。

三角たちを囲む結界の光は、いつしか見えなくなっている。何が起きているのかさっぱりわからなかったけれど、冷川と離れてはいけない気がした。もとの場所に一緒に帰れなくなる——いや、そもそも彼は帰る意志をなくしているのだと直感した。ここは冷川の内側で、冷川の記憶のなかで。もし彼がここにひとり残るとしたら、それは心が閉ざされてしまうということじゃないか。永久に、目を覚まさないということなんじゃないか。

そんなのいやだ、と三角は施設中を駆けまわる。

廊下にも、個室にも、おびただしい数の死体が横たわっていた。血だまりを踏むと、しぶきが飛ぶ。現実ではないはずなのに、生ぐさいにおいが鼻をつく。そのすべてを飛び越えて、三角は冷川の名を呼びながら、姿を探す。

——どこだ、どこだ、……どこだ！

善悪の基準がわからなくて、あたりまえだと思った。

心がいびつで、あたりまえだと思った。

冷川は、壊されていた。大人たちに、よってたかって。だから、壊した。自分を閉じこめるもの、苦行を強いるものをすべて。けれど望んだのは、こんなふうにすべてを血で染める結果ではなかったはずだ。

——そうだ。厨房。

奥に隠れていた、と半澤は言っていなかったか。三角は来た道を引き返し、先ほど通りすぎた食堂へと向かった。おそらく修道院のように、信者たちは並んで規律正しく質素な食事をとっていたのだろう。長い木のテーブルの並ぶ食堂を、三角は静かに歩いた。足音を聞いた彼が、怯えないように。

そうして、見つけた。

隅っこで、息を潜め、膝を抱えてうずくまっている少年を。

近づくと、少年の肩が怯えたようにびくっと震える。

その隣に、三角は静かに腰をおろした。

「……俺さ、子どもの頃からずっと、なんで自分はみんなと違うんだろうって思ってた。こんな変な力がなければ、どんなによかっただろう、って」

みんなと同じものを見て、見えないものはあたりまえに見えない。そんな生活がしたかった。こんな目があるからいけないのだと、尖った石を探して、潰そうとしたこともある。怖くて、できなかったけれど。

朝起きたら、見えなくなっている。おそろしいものは弾かれた世界で、生きていける。そんな未来がいつかくるんじゃないかと、ベッドに入るたびに祈りもした。けれどそんな日は来なかった。三角はずっと怖くて、いつかおそろしいことが起きるんじゃないかと怯えたまま、大人になった。

「……なんでなんでって言ってても、どうしようもないんだよね。それが、俺だから。これからも、このままの自分で生きていくしかない」

言いながら、瞼の裏が熱くなる。

けれどこらえて、言葉をつなげる。

「でも、もしかしたら……もしかしたら、さ。こんな俺でも何かできることがあるかもしれないって、今は思うんだ。それを教えてくれたのは……あなたなんだよ、冷川さん」

鼻の奥がつんとして、こらえてもこらえきれないほど溜まった涙が、一筋頬を流れ落ちた。

その横顔を、いつしか少年が、見つめていた。

その目には、昏くて鈍い光が浮かんでいた。三角は涙をぬぐって、彼に手を差し伸べる。けれどすべてを諦めた少年は、膝を抱える手をゆるめようとはしない。

三角は少し考えて、言った。

「……お肉、食べたくないですか？」

「お肉？」

少年の顔が、少しだけ明るくなる。

「好きですよね？」

聞くと、少年はおずおずとうなずいた。

「うん。好き。……食べたい」

「じゃあ、行きましょう」

手を差し伸べたまま言う三角に、少年は首をかしげた。

「これは、運命？」

共鳴して、惹きつける。強い力で、命を引き上げてくれる。出会えば、直感でわかるもの。——あの女が正しいとは、三角には思えない。でもそれが、冷川にとっての運命なのだとしたら。

「そう。……運命です」

三角は、迷いなく、答えることができた。

「大丈夫。俺と一緒にいれば、怖くなくなりますよ」

だって三角は、冷川と出会って、怖くなくなったから。とても強くてあたたかい場所へと、彼に引き上げてもらったから。

少年が、三角の手をとる。

かよわい力で、握りかえす。

その瞬間、三角の光が二人を包み込んだ。


窓から差し込む朝日のまばゆさに、三角は目を覚ました。

気づけば、床に大の字で転がっていた。左手に握りしめているのは、ガラス部分の割れた青い万華鏡。そして右手は、冷川の左手とつながっている。首だけ動かして彼のほうを向くと、冷川も同じように三角を見たところだった。

言うべき言葉は、なにも思い浮かばなかった。

ただ、冷川の手を握る手に力をこめる。ややあって、ためらいがちに冷川も、三角の手を握りかえす。本当にしょうがない人だな、と三角は思う。自分がさみしいことにも気づいていない。他人の気持ちを推し量れなくてあたりまえだ。だって、自分の気持ちすらわからないのだから。

でもそれでいいんだ、と三角は微笑む。

そうやってこの人は、最悪を生き延びてきた。人間らしい心を手に入れても入れなくても、彼は生きていける。その隣に、三角はただ、いればいい。彼のために、そして自分のために。これからも、ずっと。

冷川も、ぎこちなく微笑み、ゆっくりと身体を起こした。

果てのない闇だと思っていた部屋は、光に照らされて見ると、あんがい狭い。こんな近くにいたのか、とドアの前で倒れている英莉可に三角は近づいた。気配を感じて目を覚ました彼女にも、手を差し伸べる。

「ありがとう」

言うと、英莉可はかぶりを振った。その拍子に、涙がぽろりと落ちた。

三角の手をとる彼女の手は、冷川と同じように、あたたかかった。

エピローグ

退院した冴子の見舞いに訪ねると、半澤はいつもの、まるで信じない人に戻っていた。

「坊ちゃんの話は、いちいちオカルトがかってんだよな」

冴子の淹れてくれたコーヒーを飲みながら、事の顚末を聞いた半澤はせせら笑う。

冴子は、呪いにかかっていた間のことを、一切覚えていないらしかった。つまり、三角に会ったことも記憶にないということで、はじめまして、と年のわりに屈託なく笑ったあと、邪魔しちゃいけないからといって、ひとり買い物に出て行った。

「本人はただの過労だったと思ってる。吞気なもんだ」

「そのほうがいいですよ。……冷川さんには会いました？」

「いや。どうやら病院に来てたらしいんだが、声もかけずに帰ったらしい」

「何しに来たんだって感じですね」

「ま、あいつらしいがな」

「……そうですね」

きっと、冴子の無事を確認して、満足したのだろう。その姿を思い浮かべると、微笑ましい気さえした。

「けっきょく先生の正体って、わからずじまいですか」

三角が聞くと、半澤は不機嫌そうに鼻を鳴らした。

「逃げた車を捜索したが、まあ、ナンバープレートをつけかえたんだろうな。ありふれた車種だし、見つけるのは困難だろうよ。教団も、なんにも知らねえ信者だけが残されてた。踏み込んだら全員泡食ってたよ」

「……かわいそう、ですね」

「目に見えねえもんを信じるのは、それなりにリスクがあるってことだ」

英莉可はどうしたのだろう、と最後に会ったときの彼女を思い出す。

あの朝、ビルの前で別れた彼女は、妙にさっぱりした顔をしていた。

「まあさ、穢れも呪いも完全にはなくならないだろうけど」

と、彼女は貯金箱の残骸と化したビルを見やった。

「大丈夫。なんとかやってく。……これからも私は、死と一緒に、生きていく」

利用されることがなければいい、と三角は願う。

死を飲みこみ続ける彼女が、これからもその力から逃れられないのだとしても。

私なんか死んじゃえばいい、なんて自分を呪うような道に、ふたたび足を踏み入れることがないように、と。

「で、坊ちゃんはどうなのよ。冷川の助手、またやるの?」

「いやー、どうでしょうね。時給高いけど、そのぶん大変だからなー」

腰の痣はいつのまにか消えていた。

契約を、破棄したのだ。だからもう、三角と冷川は繋がっていない。互いに望まなければ、会うこともない。

けれど。

もし、望まなくても、会うことがあったら。

半澤の家をあとにして、三角は書店の勤務に向かう。今日は朝から、妙に身体が軽かった。幽霊が見える、と母親にカミングアウトしたからかもしれない。気味悪がられるか、冗談だと思って笑い飛ばされるか、どちらにせよ覚悟をして身構えていた三角だったけれど、予想に反して母は「そうなんだ。わかった」とあっさり答えた。

「びっくりはしたけど、あんたはたまたま人より目がよかった。それだけでしょ」

思い悩み続けてきたのがばからしくなるくらい、母は興味がなさそうだった。そう見えるよう振る舞ってくれただけかもしれないけれど、十分、救われた気がした。

信号待ちをしながら、三角は眼鏡をはずす。

ぼやけた視界に、ひときわ浮かびあがる影がある。気づいてくれる誰かを探すようにうろうろと歩きまわるそれから目をそらし、三角はふたたび眼鏡をかけた。

今でもあれを見るのは怖い。

だけど英莉可と同じように、三角もこの力とともに生きていくと決めた。そして少しでも誰かを救うための力に変えようと。

信号が変わって歩きだす。

すべてがクリアになった視界のなか、遠くに、ひときわ目を惹く誰かが立っていた。

口元に笑みを浮かべてはいるけれど、目は笑っていない。細身で背の高い、どこかうさんくさい雰囲気を醸した男が三角をじっと見つめている。

望んでも、望まなくても。

もしまた会うことがあったなら。

冷川が、右手をあげる。三角は、軽く頭をさげる。

一歩、また一歩と、二人の運命は、近づいていく。

本書は、映画『さんかく窓の外側は夜』（脚本　相沢友子）の小説版として著者が書下ろした作品です。

|著者| 橘 もも　1984年愛知県生まれ。2000年、『翼をください』で第7回講談社X文庫ティーンズハート大賞佳作を受賞しデビュー。「忍者だけど、OLやってます」シリーズなどのオリジナル作品に加え、『白猫プロジェクト　大いなる冒険の始まり』『リトルウィッチアカデミア　でたらめ魔女と妖精の国』『小説 透明なゆりかご』『小説 空挺ドラゴンズ』などのノベライズも手がける。

|原作| ヤマシタトモコ　1981年5月9日生まれ。2005年のデビュー後、すぐに「ねこぜの夜明け前」で講談社「アフタヌーン」主催の四季賞、夏・四季賞を受賞。'19年には「違国日記」がマンガ大賞4位に入賞する。主な作品に『BUTTER!!!』『ひばりの朝』『さんかく窓の外側は夜』(リブレ刊:本書原作)『花井沢町公民館便り』などがあり、幅広い層の支持を得ている。

さんかく窓《まど》の外側《そとがわ》は夜《よる》 映画版《えいがばん》ノベライズ

橘《たちばな》 もも｜原作 ヤマシタトモコ｜脚本 相沢友子《あいざわともこ》

講談社文庫

定価はカバーに表示してあります

2020年11月13日第1刷発行

発行者——渡瀬昌彦
発行所——株式会社 講談社
東京都文京区音羽2-12-21　〒112-8001
電話 出版 (03) 5395-3510
販売 (03) 5395-5817
業務 (03) 5395-3615

デザイン—菊地信義
本文データ制作—講談社デジタル製作
印刷———大日本印刷株式会社
製本———大日本印刷株式会社

Printed in Japan

ISBN978-4-06-520952-3

講談社文庫刊行の辞

二十一世紀の到来を目睫に望みながら、われわれはいま、人類史上かつて例を見ない巨大な転換期をむかえようとしている。

世界も、日本も、激動の予兆に対する期待とおののきを内に蔵して、未知の時代に歩み入ろうとしている。このときにあたり、創業の人野間清治の「ナショナル・エデュケイター」への志を現代に甦らせようと意図して、われわれはここに古今の文芸作品はいうまでもなく、ひろく人文・社会・自然の諸科学から東西の名著を網羅する、新しい綜合文庫の発刊を決意した。

激動の転換期はまた断絶の時代である。われわれは戦後二十五年間の出版文化のありかたへの深い反省をこめて、この断絶の時代にあえて人間的な持続を求めようとする。いたずらに浮薄な商業主義のあだ花を追い求めることなく、長期にわたって良書に生命をあたえようとつとめるところにしか、今後の出版文化の真の繁栄はあり得ないと信じるからである。

同時にわれわれはこの綜合文庫の刊行を通じて、人文・社会・自然の諸科学が、結局人間の学にほかならないことを立証しようと願っている。かつて知識とは、「汝自身を知る」ことにつきていた。現代社会の瑣末な情報の氾濫のなかから、力強い知識の源泉を掘り起し、技術文明のただなかに、生きた人間の姿を復活させること。それこそわれわれの切なる希求である。

われわれは権威に盲従せず、俗流に媚びることなく、渾然一体となって日本の「草の根」をかたちづくる若く新しい世代の人々に、心をこめてこの新しい綜合文庫をおくり届けたい。それは知識の泉であるとともに感受性のふるさとであり、もっとも有機的に組織され、社会に開かれた万人のための大学をめざしている。大方の支援と協力を衷心より切望してやまない。

一九七一年七月

野間省一

講談社文庫 最新刊

浅田次郎 おもかげ
定年の日に地下鉄で倒れた男に訪れた、特別な時間。究極の愛を描く浅田次郎の新たな代表作。

神永学 悪魔と呼ばれた男
「心霊探偵八雲」シリーズの神永学による予測不能の本格警察ミステリー——開幕！

濱嘉之 院内刑事《デカ》 ザ・パンデミック
「絶対に医療崩壊はさせない！」元警視庁公安・廣瀬知剛は新型コロナとどう戦うのか？

堂場瞬一 ネ タ 元
五つの時代を舞台に、特ダネを追う新聞記者たちの姿を描く、リアリティ抜群の短編集！

橘もも 原作：ヤマシタトモコ 脚本：相沢友子 さんかく窓の外側は夜〈映画版ノベライズ〉
霊が「視《み》える」三角《みかど》と「祓《はら》える」冷川《ひやかわ》。二人の〝運命〟の出会いはある事件に繋がっていく。

東山彰良 女の子のことばかり考えていたら、1年が経っていた。
女性との恋愛のことで頭が満ちすぎている男たちの哀しくも笑わされる青春ストーリー。

麻見和史 凪《なぎ》の残響〈警視庁殺人分析班〉
切断された四本の指、警察への異様な音声メッセージ。予測不可能な犯人の狙いを暴け！

夏原エヰジ Cocoon 2〈蠱惑の焔〉
羽化する鬼、犬の歯を持つ鬼、そして〝生き鬼〟。瑠璃《るり》の前に新たな敵が立ち塞がる！

久坂部羊 祝葬
人生１００年時代、いい死に時とはいつなのか？ 現役医師が「超高齢化社会」を描く！